Moritz Hauptm

Die Lehre von der Harmonik

Moritz Hauptmann

Die Lehre von der Harmonik

1. Auflage | ISBN: 978-3-75251-582-4

Erscheinungsort: Frankfurt am Main, Deutschland

Erscheinungsjahr: 2020

Salzwasser Verlag GmbH, Deutschland.

Nachdruck des Originals von 1868.

DIE LEHRE

VON DER

HARMONIK

MIT BEIGEFÜGTEN NOTENBEISPIELEN

VON

MORITZ HAUPTMANN.

NACHGELASSENES WERK.

HERAUSGEGEBEN VON Dr. OSCAR PAUL.

LEIPZIG,

DRUCK UND VERLAG VON BREITKOPF & HÄRTEL.

1868.

Vorbemerkung des Herausgebers.

Indem ich dieses Werk des verewigten Meisters **M o r i t z H a u p t m a n n** der Oeffentlichkeit übergebe, halte ich es für meine Pflicht, darauf hinzuweisen, dass ihm in der letz‑ ten Lebenszeit sein Gesundheitszustand nicht mehr ver‑ stattete, die unternommene Arbeit ganz zu vollenden. Die drei Capitel: »Modulation«, »Enharmonische Verwechselung« und »Schluss« mussten daher noch hinzugefügt werden, um dem Werke den vom Autor intendirten Abschluss zu geben. Da der Meister sich in der ganzen Entwickelung an sein 1853 erschienenes Werk »Die Natur der Harmonik und der Metrik« gehalten und den Stoff nur in einer dem praktischen Musiker mehr zugänglichen Form behandelt hat, so lag mir bei der Vervollständigung des Ganzen die Aufgabe ob, mit Zugrundelegung desselben epochemachenden Werkes die Gegenstände auseinanderzusetzen. Gross als Mensch wie als Mann der Wissenschaft war der Meister im Besitz eines originellen und äusserst schwer nachzuahmenden Styles. Wo ich daher seine eigenen Worte anwenden konnte, ohne die populärere Fassung zu beeinträchtigen, habe ich die‑ selben dem genannten Buche entnommen; wo aber die

Sache vom praktischen Gesichtspunkte aus eine kürzere oder leichter zu fassende Darstellung verlangte, versuchte ich den gegebenen Inhalt in meiner Weise vorzuführen. Während in der vom Autor selbst corrigirten und von mir mit zwei Manuscripten desselben verglichenen Abschrift der vorliegenden Arbeit fast alle Notenbeispiele vorhanden und die wenigen fehlenden besonders angedeutet waren, fügte ich in den von mir gegebenen Schlusscapiteln alle Erklärungen durch Noten hinzu, welche sich meist streng an die von ihm in seiner »Natur der Harmonik und der Metrik« ausgeführten Buchstabenanalysen anschliessen. Und so mögen denn die Verehrer des Meisters, welcher die ganze Welt der Harmonie mit klarem Blick erkannte und ihr System, ihr ganzes Dasein erklärte, auch die in tiefster Dankbarkeit gegen den Verklärten unternommene Vervollständigung freundlich aufnehmen und die Ausführung derselben mit dem redlichen Willen des Herausgebers entschuldigen.

Leipzig, im Juli 1868.

Dr. Oscar Paul.

VORWORT.

Einzelne Töne zu benennen, ebenso den Intervallen ihre Namen zu geben, gehört in den musikalischen Elementarunterricht. Den theoretischen Begriff von Accord, von Tonart, dürfen wir nicht voraussetzen. aber die praktische Kenntniss dieser Dinge setzen wir voraus. Dass der Durdreiklang aus Grundton, Quint und grosser Terz, der Molldreiklang aus Grundton, Quint und kleiner Terz besteht, dass die G-Durtonart ein erhöhendes Kreuz vor F, die F-Durtonart ein vertiefendes b vor h verlangt und zur Vorzeichnung erhält, wird als bekannt angenommen; von welcher inneren Beschaffenheit und Bedeutung aber der Dur- und der Molldreiklang ist, welcher Gegensatz zwischen beiden waltet, wie die Tonart sich bildet, wie Dur- und Molltonart in ihrer Entstehung verschieden und im Begriff sich entgegengesetzt sind: das darzulegen wird unsere Aufgabe sein.

Dasselbe ist ausführlich schon geschehen in des Ver-
fassers Buche : »Die Natur der Harmonik und der Metrik«
(Leipzig 1853, bei Breitkopf und Härtel) ; hier ist beab-
sichtigt, dieselbe Lehre, zunächst namentlich den harmonischen Theil derselben, in zusammengefassterer und mehr
dem Praktischen sich annähernder Weise vorzutragen.
Wem an theoretisch tieferer Begründung gelegen ist, der
wird sie in dem genannten Buche nachsuchen können.

Intervalle. Dreiklang.

Wenn wir vom einzelnen bestimmten Tone ausgehen und ihn als Grundton setzen, so ist sein harmonisch nächster: die Octav, der zweite: die Quint, der dritte: die Terz.*)

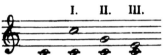

Die Octav spricht das Gefühl an als eine Wiederholung desselben Tones in höherer Lage. Sie hat auch für die Harmonie, für die Accordbildung keine bestimmende Bedeutung und ist in diesem Sinne nicht ein harmonisches Intervall wie die beiden andern, die Quint und die Terz, es sind. Man kann, wie zu dem Grundtone, zu jedem andern Tone des Accords die Octav setzen, ohne den Accord zu verändern oder zu einem andern zu machen.

---

*) Die Benennung der Intervalle: Octav, Quint, Terz, ist, wie man weiss, von der Stufenzahl in der Leiter hergenommen. Die Leiter, die melodische Folge also den harmonischen Bestimmungen vorausgesetzt. Wir müssen diese letzteren vorangehen lassen; ohne sie ist keine Stufenbestimmung denkbar.

Nicht so ist es mit der Quint und Terz, wenn sie ausser dem Grundtone einem andern Intervalle des Accordes beigefügt werden:

Unter »Terz« ist jetzt noch immer die Durterz, oder sogenannte grosse Terz verstanden, sodass wir im C–Durdreiklange nur C–e als Terzintervall betrachten, nicht e–G: zu e würde erst der Ton *gis* Terz sein.

Wie die Octav das Gefühl als Intervall vollkommner Einheit oder Gleichheit anspricht, so empfinden wir bei dem Klange des Quintintervalles eine Trennung, eine Leere, die ausgefüllt zu werden verlangt, die Trennung von etwas Zusammengehörigem. Der Zusammenklang C–G erhält seine Verbindung durch den Terzton e.

An der gespannten Saite C ist der Octavton die Hälfte der Saitenlänge; der Quintton G zwei Drittel, der Terzton e vier Fünftel derselben. Die Octav ist somit aber ein E i n – f a c h e s : **eine** Hälfte; die Quint ein Z w e i f a c h e s : **zwei** Drittel; die Terz ein V i e r f a c h e s : **vier** Fünftel des respectiven Maasses, wonach jedes dieser Intervalle mit dem Grundtone verglichen werden kann: die Octav durch die Hälfte, die Quint durch das Drittel, die Terz durch das Fünftel.

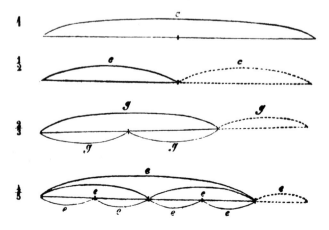

Nun ist aber in diesem Vergleiche von 1, $\frac{1}{2}$, $\frac{3}{4}$, $\frac{1}{4}$ nicht der N e n n e r die Grösse oder Quantität, welche zu bestimmender Bedeutung kommt, sondern der Z ä h l e r; das klingend real Vorhandene ist es, was in der Octav als Einfaches, in der Quint als Zweifaches, in der Terz als Vierfaches enthalten ist und vernommen wird. Man hört im Octavtone *C*, mit dem Grundton *C* angeschlagen, ein Einfaches, im Quinttone *G*, mit dem Grundtone angeschlagen, ein Zweifaches, in dem Terztone *e*, mit dem Grundtone angeschlagen, ein Vierfaches. *G* wird mit dem tieferen *C* zusammenklingend, in sich selbst ein Getrenntes. Nicht der Zwischenraum, die Kluft zwischen *C* und *G* ist es, was als Trennung im Quintintervall vernommen wird; sondern die Trennung wird im Quinttone selbst durch seinen Zusammenklang mit dem Grundtone bewirkt und vernommen. In dem Vierfachen der Terz hören wir das Zweifache des Zweifachen: eine Multiplication durch sich selbst: 2 mal 2. In jeder Multiplication wird die zu multiplicirende Grösse als Einheit gesetzt. In zweimal drei ist d r e i eine Einheit, welche zweimal genommen wird; in dreimal zwei ist z w e i die Einheit, welche dreimal genommen wird. In zweimal zwei aber ist der Multiplicand gleichgesetzt dem Multiplicator. Die Z w e i h e i t als zweimal zu nehmende E i n h e i t. Der Unterschied der Einheit und Mehrheit, wie er in 2 mal 3 und 3 mal 2 besteht, ist in 2 mal 2 aufgehoben, wie er es auch in 3 mal 3, sowie in jeder andern quadratischen Grösse sein würde. Es enthält aber nur das Zweifache, das Doppelte, direct verständlichen Gegensatz zu sich selbst; im Dreifachen würde dem Einen ein Doppeltes, dem Doppelten ein Einfaches gegenüber stehen. Drei Viertel der ganzen Saitenlänge lassen bekanntlich die Quart erklingen:

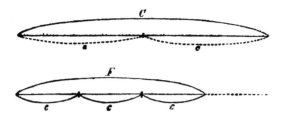

Diese beiden Töne ergeben das Intervall: Hier hört man aber sogleich *F* als den Hauptton und *C* als ein tiefer liegendes Relatives zu ihm : *F* ist das Ganze, von welchem *C*, als doppelte zwei Drittel, als Quint in tieferer Octav vernommen wird. Noch weniger wie hier, bei Drei- und Vierfachem, würde bei andern Zusammenstellungen eine direct verständliche Relation resultiren können.

Abgesehen aber von aller theoretischen Untersuchung und Erklärung ist es dem Gefühle ganz sichere Thatsache, dass ausser den Intervallen von Quint und Terz und ihren Umkehrungen, der Quart und Sext, es eine weitere Consonanz nicht mehr giebt: es lässt sich dem Dreiklange kein Ton zusetzen, der nicht dissonant würde.

Auf den Unterschied einer grossen und kleinen Terz werden wir bald zu sprechen kommen. So wenig aber es zweierlei Quinten und Octaven giebt, kann dem harmonischen Begriffe nach es zweierlei Terzen geben. Die sogenannte kleine Terz wird deshalb nicht weniger ihren Platz in der Harmonie behalten und wird eben auch ihren Namen behalten müssen.

In dem Zusammenklange *C e G*

hören wir eine Einheit, den Grundton *C*, mit welchem die Quint *G*, in *C-G*, als Zweiheit erklingt, welche letztere in *e*, als *C e G*, sich zur Einheit der Zweiheit verbindet.

Der Quintton ist nicht an sich eine Quint; der Ton *G* ist an sich eine Einheit, wie es der Ton *C* ist: zur Quint, zu ⅔, also einem Zweifachen, wird er erst in seiner Relation zum Grundtone *C*; ebenso wie der Terzton *e*, der an sich auch Einheit ist, durch seine Relation zu *C* erst Terz, ⅘, Vierfaches, d. i. zweimal Zweifaches wird. Das an sich Ganze des Quinttones und des Terztones wird an dem Maasse, durch das er dem Ganzen des Grundtones sich vergleicht, ein Zweifaches und ein Vierfaches.

Es wird immer schwer sein, ja es wird vergeblich bleiben, den Lebensprocess des harmonischen Zusammenklingens mit Worten erklären zu wollen. Das zu Erklärende steht klar vor uns und entzieht sich doch der Erklärung. »Jedes Natürliche«, sagt Goethe, »ist ein frisch ausgesprochenes Wort Gottes« — das Wort spricht uns an als ein unzweideutiger Ausdruck von Wahrheit und Wirklichkeit; sobald wir ihm durch Wörter erklärend beikommen wollen, ist die Mehrdeutigkeit und die Möglichkeit des Missverständnisses da. Wo Zwei dasselbe fühlen, wird jeder von ihnen sich etwas Anderes dabei denken können, und wenn jeder sein Gedachtes ausspricht, kann für einen Dritten die Gefühlsübereinstimmung der Beiden leicht unerkennbar werden. —

Der Accord, der Dreiklang, ist auch ein »Wort Gottes«, das Jeden anspricht, dessen Wesen wir begreifen können, dessen Erklärung auszusprechen wir versuchen können. Es darf aber die Zuversicht nicht zu gross sein, dass der Andere bei unseren Worten denkend dasselbe empfinde, was wir empfindend gedacht haben. Die Zahlen I, II, III, in denen wir das Abstractum der Intervalle Octav, Quint und Terz finden, werden, nur als Zahlen genommen, Keinem den harmonischen Begriff erschliessen, man wird sie nothwendig erst in einer concreten, in einer verkörperten

Bedeutung fassen müssen, um ihren Bezug zu fühlen zu
der Wirkung, die der Dreiklang auf uns ausübt.

Dass wir die Octav als die Einheit fühlen und betrachten, die Quint als den Gegensatz, als die sich entgegengesetzte Einheit, die Einheit, die selbst zu einem Andern
bestimmt ausser sich erscheint, die Terz endlich, dieses
Eine und Andere — also Octav und Quint zugleich in sich
setzt, sie in Eins übergehen lässt, das wird ein ganz ver-
ständlicher Process und Begriff, wenn wir eben selbst den
Gegensatz der Erklärung und der Sache, die beide, wenn
die Erklärung richtig ist, denselben Inhalt haben müssen,
zu jenem dritten Begriffsmoment vereinigen können, die
das Entgegengesetzte in der Einheit wieder aufgehen lässt,
wie wir Grundton und Quint mit der verbindenden Terz
nicht mehr als getrennte Momente vernehmen, sondern als
einen Einheits-Zusammenklang, als eine Ganzheit in ihren
Theilen, einen Körper in seinen Gliedern, eine Totalität in
ihren unterscheidbaren Begriffsmomenten verstehend fühlen
und fühlend verstehen, den Gegenstand der Erklärung als
Eins mit der Erklärung des Gegenstandes, sodass die Sache
sich selbst erkläre, die Anschauung auch den Begriff ent-
halte.

Die Begriffe von Einheit und Gegensatz sind hier keine
andern, als sie es im ganz gemeinen Sinne sind. Es ist aber
im Vorigen für die Octav, als dem Einheitsintervalle, öfters
der Grundton selbst gesetzt worden: die Octav ist die bestimmte, mit sich vermittelte Einheit; der Grundton die
absolute, die unmittelbare. Im Zusammenklange mit
Quint und Terz, die durch den Grundton zu ihrer Bedeutung bestimmt werden, hat 'jener aber Relation zu seinen
Bestimmungen erhalten und wird durch diese selbst auch
ein Bestimmtes, ein in Quint und Terz bestimmter Grundton, daher die Octav beim Zusammenklange des Grundtones mit den andern Intervallen zur Accordbildung nicht

mehr erforderlich ist. Die Einheit ist immer das, woran die Nichteinheit des Andern eine verständige Bestimmung erhält.

Der Gegensatz in der Quint ist der Gegensatz überhaupt nach seinem allgemeinen abstracten Begriffe, den man auch im trivialen Sinne nicht anders verstehen kann, als im streng wissenschaftlichen. Es ist gesagt worden, dass in der Quint dasselbe sich selbst entgegengesetzt sei. Wenn wir Verschiedenes sich entgegensetzen, so kann es doch nur geschehen, indem das Verschiedene gegenseitig auf sich bezogen wird; dann hat die Relation des Einen zum Andern den Gegensatz der Relation des Andern zum Einen. Der Begriff einer rothen Kugel hat das Rundsein und das Rothsein zu seinen zu unterscheidenden Momenten. Der Gegensatz an diesen ist aber nicht die Form an sich und die Farbe an sich, das sind nur differente, ganz unvergleichbare Dinge. Wenn die rothe Kugel in ihrer absoluten Ganzheit eine Einheit ist, und als solche uns als Octav gelten kann, so werden wir einen Gegensatz, in welchem sie sich selbst als Anderes sich entgegensetzt, darin finden können, wenn wir an ihr das rothe — Rundsein von dem runden — Rothsein unterscheiden. Beides ist in dem Begriffe der rothen Kugel enthalten und ist das Eine doch der Gegensatz des Andern. In der Wirklichkeit des Dinges ist aber das rothe — Rundsein vom runden — Rothsein nicht getrennt, die Unterscheidung besteht nur in der verständigen Betrachtung und Auseinandersetzung, in einer Abstraction von dem wirklichen Dasein des Dinges, das für sich von solchen Unterschieden nicht weiss, und so muss, zur Wirklichkeit zu gelangen, der Begriff auch diese Trennung aufheben, mit der Unterscheidung auch wieder das Ganze fassen. Dem Natursinne wird der Dreiklang nicht als ein aus Grundton, Quint und Terz zur Einheit componirtes Mannichfaltige, sondern als Einheit selbst, als unmittelbar concret gegebene sich fühlen lassen, die ihm ebensowenig in ihre Theile aus-

einandergeht, als sie aus ihnen erst zusammengetreten erscheint. Und ein solches Einheitswesen ist er auch in der
That und Wirklichkeit, ein organisches Einheitswesen, ein
Einheitsmoment höherer Ordnung, wie der einzelne Ton es
auf einer vorangegangenen niederen Stufe schon ist, der
auch einen Gegensatz von Einem zu sich als Anderem in
sich hat und durch diese Auflösung wirksam ist. Es würde
zu weit führen und den Fortgang zu sehr aufhalten, wenn
wir die Natur des Klanges hier weiter verfolgen wollten;
an anderem Orte findet sich dazu wohl passendere Ge-
legenheit. (Siehe Chrysander, Jahrbücher für musikalische
Wissenschaft und Geschichte der Musik. Leipzig, Breitkopf
und Härtel. 1862. Artikel: Klang.)

Wie wir, den ganzen Begriff eines Dinges zu fassen,
bei dem unterscheidenden Gegensatz verständiger Betrachtung nicht stehen bleiben dürfen, so ist es doch ebensowenig
ein Zurückgehen zu nennen auf die frühere Totalitäts-
anschauung, was uns die verlustig gegangene Einheit wieder
gewinnen lässt; zur unmittelbaren Einheit kann und soll
es nicht zurückgehen nach der Unterscheidung des Unterscheidbaren, aber zur vermittelten: zur Einheit der Einig-
keit. Das ist nicht ein Zurückgehen, es ist ein Fortgang zur
Wahrheit der Wirklichkeit, wie zur Wirklichkeit der Wahrheit.

Die Einheitsstörung, welche die zu dem zuerst allein
angeschlagenen Grundtone hinzutretende Quint fühlen lässt,
wird nicht aufgehoben, wenn wir das Mitklingen der Quint
aufhören lassen: einmal gehört, lässt sie den Grundton zu
seiner Selbstgenügsamkeit doch nicht wieder gelangen:

Die Quinttrennung wird nicht durch die Octaveinheit,
sie wird nur durch die Terzverbindung befriedigend aufgehoben.

Dem Dreiklange, den wir als Hauptdreiklang den tonischen nennen, stehen seine beiden Dominantdreiklänge gegenüber: dem *C*-Durdreiklange der *F*-Durdrei-
klang als Unterdominant, der *G*-Durdreiklang als Oberdominant. Der Unterdominantdreiklang hat den Grundton des tonischen zur Quint, der Oberdominantdreiklang
hat die Quint des tonischen zum Grundtone. Das ist aber-
mals der Widerspruch der Einheit von *C* und *G*. Wir nennen den Inbegriff dieser drei Dreiklänge:

Tonart.

F a C e G h D

In dieser als Accord erscheinenden Zusammenstellung
kann die Dreiklangsverbindung nicht vorkommen, in dieser
Gestalt in Noten ausgedrückt gewährt sie auch dem Auge
keine Anschauung des tonartlichen Wesens, dieses kommt
nicht im Zusammenklange allein, es kommt erst in der Aufeinanderfolge von Zusammenklängen zum Ausdrucke. Die
Aufeinanderfolge der drei Dreiklänge, in welchen die Tonart
besteht, stellt sich aber so dar:

Auch die nachstehende Folge lässt die Tonart nach ihrem
ganzen Inhalte erkennen:

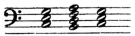

Molldreiklang und verminderte Dreiklänge.

Zwischen dem tonischen und den beiden Dominantdreiklängen ergeben sich zwei Dreiklänge mit sogenannt
kleiner Terz : die Mollaccorde a–C-e und e–G-h :

Nach dem, was vorher über die Natur und Bedeutung
der drei harmonischen Intervalle gesagt worden ist, kann
in theoretischem Sinne von einer andern als dort nach-
gewiesenen Terz, der sogenannten grossen Terz, so wenig
die Rede sein, wie von einer andern als der reinen Quint
und der reinen Octav. Wenn wir die Terz nun im Accord
a–C-e aufsuchen, so besteht sie nicht zwischen den Tönen
a–C, sondern zwischen den Tönen C-e; im Accord e–G-h
nicht zwischen e–G, sondern zwischen G-h. Der Molldreiklang ist damit ein Accord, der den Zusammenklang
seiner zwei Intervalle, der Quint und Terz, nicht im Grundtone, sondern im Quinttone findet.

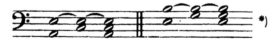

---

*) Es wird zur Einstimmung des Orchester-a′ nach der Orgel
oder dem Clavier bekanntlich der D-Mollaccord angeschlagen und
zwar in der Lage ; man könnte wohl fragen, warum nicht
der D-Duraccord zur Stimmung angegeben wird. Im D-Mollaccord
ist aber, wie wir oben sehen, der Ton a′, um den es bei der Stimmung der Violinen sich hauptsächlich handelt, mehr hervortretend,
als im D-Duraccord, der das a′ nur als Quint hören lässt, im D-Mollaccord ist a′ als Quint und als Terz, also doppelt bestimmt. Der
Gebrauch, nach diesem Accord zu stimmen, ist so allgemein angenommen, dass er wohl einen Grund haben muss. Der Duraccord
hebt den Grundton, der Mollaccord die Quint hauptsächlich hervor.

Das Intervall $a–C$ im ersten, wie das Intervall $e–G$ im letzteren ist nicht von Grundbedeutung; $a–C$ findet erst in e, $e–G$ in h erst seine indirecte Verbindung in der gemeinschaftlichen Beziehung zu einem dritten, eben wie das erste Intervall im F–Durdreiklange sie in F, das zweite im C–Durdreiklange sie in C finden würde. Direct haben Töne, die nicht eins der drei Grundintervalle bilden, keine verständliche Beziehung zu einander.

So enthält nun das Tonartsystem in seinen drei Durdreiklängen auch zwei Molldreiklänge. Wir wissen aber auch von einem sogenannten verminderten Dreiklange, der auf der siebenten Stufe, auf dem Leittone seinen Sitz hat, $h\,D\,F$, und wollen ausser diesem noch von einem andern sprechen, der, weniger allgemein bekannt und benannt als solcher, auf der zweiten Stufe besteht: $D\,F\,a$, indem wir sogleich aussprechen wollen, dass ein wirklicher D–Molldreiklang innerhalb der C–Durtonart nicht vorkommen kann.

Die verminderten Dreiklänge stehen an der Grenze des Tonartsystems. Der Dreiklang $h\,D\,F$ hat die Oberdominantterz zum Grundtone, seine Quint würde fis, der G–Durtonart gehörig, sein: er kann nur zu F, dem Unterdominantgrundtone, greifen. Das Tonartsystem schliesst sich durch $h\,D\,F$ in sich selbst zusammen. Ebenso würde aber die Unterdominantterz a als Quint die der F–Durtonart gehörige Terz von B zum Grundtone verlangen. Sie kann innerhalb der C–Durtonart nur nach D, der Oberdominantquint, langen. So bleiben diese beiden Accorde, $h\,D\,F$ und $D\,F\,a$, ohne Quint, man nennt sie verminderte Dreiklänge. Nur der erstere, $h\,D\,F$, aber, der Dreiklang der siebenten Stufe, ist in der Durtonart allgemein mit diesem Namen genannt.

So gern hier Alles vermieden werden soll, was das Aussehen von complicirter Berechnung erhält, so ist ein kleiner Ansatz von Intervallenangabe, nach Zahlen‑Bestimmung

zum Beweise des Obengesagten: dass nämlich die C–Durtonart keinen D–Molldreiklang enthalten kann, nicht zu
umgehen. Es gilt eben ein für allemal zu zeigen, dass die
grosse **Terz** eines Grundtones eine von dessen vierter Quint
verschiedene **Tonstufe** sei; dass z. B. das e als Terz von C
verschieden sei von dem E in der Quintreihe C–G–D–A–E.

Die Saitenlänge des Quinttones beträgt bekanntlich $\frac{2}{3}$
der als 1 gesetzten Saitenlänge des Grundtones. Die Saitenlänge des Terztones ebenso $\frac{4}{5}$. Hiernach werden für die
Töne der Reihe C–G–D–A–E die Saitenlängen sich er-
geben als

$$C : G : D \qquad : A \qquad : E$$
$$1 : \tfrac{2}{3} : \tfrac{2}{3} \cdot \tfrac{2}{3} = \tfrac{4}{9} : \tfrac{4}{9} \cdot \tfrac{2}{3} = \tfrac{8}{27} : \tfrac{8}{27} \cdot \tfrac{2}{3} = \tfrac{16}{81}.$$

Der Ton E als vierte Quint von C hat die Saitenlänge $\frac{16}{81}$
($\frac{16}{81}$) des als 1 gesetzten C. Die Saitenlänge des Tones e,
als Terz von C, beträgt $\frac{4}{5}$ der Einheit des Grundtones. In
dieser Stellung, wo $e = \frac{4}{5}$ die nächste Terz, $E = \frac{16}{81}$ die
vierte Quint von C ist, sind die Töne nicht zu vergleichen.
Durch die Quintprogression ist der Ton E $\frac{16}{81}$ in die dritte
höhere Octav gekommen: wir wollen ihn mit e $\frac{4}{5}$ verglichen
wissen. Hierzu ist erforderlich, dass das Terz–e eine Octav
erhöhet, das Quint–E eine Octav vertieft werde:

Dadurch kommen beide in dieselbe Octavlage, und es kann
sich zeigen, ob sie gleiche oder verschiedene Tonhöhe haben. Die höhere Octav des Terz–$e = \frac{4}{5}$ hat die halbe Saitenlänge, somit $\frac{2}{5}$, zu ihrem Maasse. Die tiefere Octav der
Quint $E = \frac{16}{81}$ misst das Doppelte $\frac{32}{81}$. Es ergeben demnach
die beiden Töne e und E, in nächste Nähe zu einander ge-

$$e : E$$
setzt, die Saitenlängen $\frac{2}{5} : \frac{32}{81}$. Beide Brüche auf gleichen
Nenner gebracht, erhalten wir das Verhältniss ausgedrückt

· als $\frac{1}{162}$: $\frac{1}{160}$ = 81 : 80, woraus hervorgeht, dass der Ton
     e : E   e : E

e als Terz von C grössere Saitenlänge hat, mithin tiefer ist als der Ton E, die vierte Quint von C.

Nach der von uns angenommenen Weise, die Töne der Quintreihe mit grossen, die zwischenliegenden Terztöne mit kleinen Buchstaben zu bezeichnen, wird nun diese Saitenlängendifferenz und damit die Differenz der Klanghöhe solcher Töne, die als Quinttöne und Terztöne unter gleichem Namen in der Reihe vorkommen, überall auf ganz gleiche Weise bestehen, wie zwischen den hier berechneten Tönen e und E.

Das System der C–Durtonart enthält den Ton D als Quint von G und den Ton a als Terz von F. Die reine Quint von D ist aber A (im Dreiklang $D\,fis\,A$, der G–Durtonart gehörig), sonach kann a, welches zu A im Verhältniss 81 : 80 steht,*) d. h. tiefer als A ist, die Quint von D nicht sein, und der Dreiklang der zweiten Stufe der C–Durtonart ist nicht der D–Mollaccord: es fehlt ihm, eben wie dem als vermindert bekannten der siebenten Stufe, die reine Quint.

Im Durdreiklange wie im Molldreiklange finden wir ausser den directen Intervallen der Quint und Terz noch das indirecte der sogenannten kleinen Terz. Der Durdreiklang enthält sie zwischen dem mittleren und höchsten, der Molldreiklang zwischen dem tiefsten und mittleren Tone. Im Dreiklange $C\,e\,g$ ist $e\,g$, im Dreiklange $a\,C\,e$ ist $a\,C$ kleine Terz. Wenn wir das Saitenlängenverhältniss dieses Intervalles wissen wollen, das in sich eine directe Bedeutung nicht hat, wie die Intervalle, die sich in abstracter Grösse als 1, 2 und 4 ergaben und damit sich in dem Sinne aussprachen, wie er vorher erklärt wurde, so ist dasselbe leicht

---

*) Nämlich nach Saitenlängen; nach der Zahl der Schwingungen findet das umgekehrte Verhältniss statt.

zu finden, indem wir die Terz $\frac{4}{5}$ zur Quint $\frac{3}{2}$ vergleichen,
z. B. *e* zu *G*:

$$\frac{4}{5} : \frac{3}{2} = \frac{1\,2}{1\,5} : \frac{1\,5}{1\,0} = 6 : 5.$$

Der Ton der kleinen Terz hat $\frac{5}{6}$ der Saitenlänge des Grundtones.

In unseren zwei verminderten Dreiklängen der *C*–Durtonart *hDF* und *DFa* finden wir aber das
Verhältniss 6 : 5 zwischen den Tönen *D* und *F* nicht, wenn
auch Claviatur und Notenschrift einen Unterschied des Intervalles *D-F* und der kleinen Terz nicht gewahren lassen. Es
ist ohne neue Berechnung schon zu schliessen, nach dem
was über die Differenz der Terztöne von den gleichnamigen
Quinttönen der Dreiklangsreihe schon gesagt ist, dass, wenn
in dieser Reihe das unterhalb *F* liegende *d*, als Terz des
B-Durdreiklanges, mit *F* eine kleine Terz 6 : 5 bildet, das
D als dritte Quint von *F*, wie es als Quint des Oberdominantaccordes in der *C*–Durtonart nur vorkommen kann, zu
dem *F*, als Unterdominantgrundton der Tonart, dasselbe
Intervall nicht bilden kann. Das Intervall *D-F* ist nicht
6 : 5, sondern 32 : 27, von 6 : 5, wie die Berechnung leicht
ergeben würde, wieder durch die Differenz 81 : 80 verschieden; mit einem Wort aber nicht kleine Terz und an
sich überhaupt so wenig, als die Intervalle *h-F* und *D-a*,
etwas für den Fortbestand Zusammengehöriges, wie es
Quint und Terz sind, und wir vernehmen ihn als einen der
weiteren Folge, der Auflösung bedürftigen Zusammenklang.

Es ist sonach unrichtig, zu sagen, der verminderte Dreiklang *hDF* bestehe aus zwei kleinen Terzen: die kleine
Terz ist nur zwischen den Tönen *h* und *D* enthalten, die
Töne *D* und *F* bilden das Intervall 32 : 27, das nicht
kleine Terz ist. Der verminderte Dreiklang *DFa* besteht aus eben diesem Intervall *D-F* und der grossen Terz
F-a. Die Quint fehlt dem Accord *DFa*, wie dem Accord

hDF; wie es nach unserer Bezeichnung wie in diesem so in allen Fällen immer leicht zu erkennen sein wird, da Quintverhältnisse nur unter grossen oder unter kleinen (C–G, a–e); Terzen, grosse wie kleine, nur unter grossen und kleinen Buchstaben (C–e, G–h, später auch c–E, g–H) vorkommen können, D–F also so wenig kleine Terz, wie D–a Quint sein kann. Wir begegnen später noch mehreren solchen Intervallen und Accorden, die bei völlig gleicher Beschaffenheit mit anderen nach der Notenschrift doch innerlich an Wesen und Wirkung sehr verschieden sind, und diese Verschiedenheit eben auch am Clavier empfinden lassen, wo Intonationsunterschiede wie der des Verhältnisses 84 : 80, oder der, welcher zwischen der chromatischen und der Leittonsfortschreitung, zwischen C–cis und C–des besteht, real doch nicht vernommen werden können, weil sie durch die Temperatur ausgeglichen, überhaupt aber für die verschiedenen Bestimmungen verschiedene Tasten am Instrument nicht vorhanden sind. Wir hören aber den Ton in seiner harmonischen Bedeutung auch wo er der akustischen Reinheit nicht ganz entspricht, wie wir überhaupt unreine Intonation nicht in ihrer Unreinheit, sondern nur im Sinne der reinen, in der Substitution des richtigen Tones für den von der Richtigkeit abweichenden verstehen können.

Andere Dissonanz–Dreiklänge als die beiden hier genannten werden bei Betrachtung der Molltonart ihre Erklärung finden.

Wie überhaupt aber so weit auseinanderliegende Töne des Tonartsystems wie D und F, die Oberdominantquint und der Unterdominantgrundton, auf natürliche, sich selbst bestimmende Weise zusammentreten können, wird die Accordbewegung uns zeigen; denn als eine willkührliche äussere Zusammenstellung hat kein Intervall einen Sinn. Alle wirklichen Dreiklänge des Tonartsystems FaC, aCe,

CeG, *eGh*, *GhD* können ihrer Natur nach frei auftreten ; Glieder der Tonart, sind sie zugleich auch selbständige Accorde, die nicht an diese Tonart ausschliesslich gebunden sind. Die Dissonanz – Dreiklänge *hDF*, *DFa* aber sind solche freie Accorde nicht, sie gehören dem bestimmten Systeme an, sind in keinem andern möglich und sind nothwendig erst aus einer Folge hervorgegangen: sie können keinen Anfang bilden.

Die tonische Terz *e* schreitet in der Accordbewegung nach *F* oder *D* fort. Das Intervall *D*–*F* geht aus einer Doppelbewegung des *e* nach *F* und *D* hervor, nicht in dem Sinne, dass ein doppeltes *e* real dagewesen sein müsse, wo *D*–*F* in der Harmonie vorkommt, vielmehr in dem, dass bei dem Intervall *D*–*F*, welches die Grenzen der Tonart verbunden enthält, die Einheitsmitte getrennt worden ist, wie es in dem Zusammenklange *D*–*F* (*hDF*) auch empfunden wird, der nach der Verbindung mit *e* (*C*–*e*) strebt, die aufgehobene Einheit wieder herzustellen. Wir werden dies Trennungsintervall, den Zusammenklang des Unterdominantgrundtones mit der Oberdominantquint, das sich zwar schon durch das Nebeneinanderstehen zweier grosser Buchstaben von der Terz unterscheidet, künftig noch durch eine Trennung in der schriftlichen Bezeichnung kenntlich machen: in *C* dur *D/F*, in *G* dur *A/C*, in *F* dur *G/B* u. s. w.

Der Molldreiklang als wesentliche Bestimmung des Molltonartsystems.

In dem Systeme der Durtonart haben wir den Molldreiklang gefunden, wie er auf der dritten und auf der sechsten Stufe der Leiter, auf der Unterdominantterz als *aCe* und auf der tonischen Terz als *eGh* sich ergiebt. In diesen beiden Fällen erscheint er aber mehr als Zwischenaccord, aus dem Material und Gefüge vorausgesetzter Durdreiklänge

hervorgehend. Eine andere Bedeutung hat der Molldreiklang, wenn er in eigner Bestimmung auftritt.

Der Molldreiklang hat, wie wir gesehen haben, seinen
die beiden Intervalle der Quint und Terz verbindenden Zusammenklang nicht im Grundtone, wie der Duraccord, sondern in der Quint. Im A–Molldreiklange z. B. ist es der
Ton e, der zu a Quint, zu C Terz ist. Wie beide Intervalle
in diesem Tone, in der Quint, ihren Zusammenklang finden,
so ist diese Dreiklangsform überhaupt als eine der Durdrei-
klangsform, die im Grundtone ihre Einheit findet, entgegengesetzte zu betrachten.

Im Durdreiklange $Ce G$ ist C–G Quint, C–e Terz: der
Grundton C hat Quint und Terz. Im A moll – Dreiklange
$a C e$ ist a–e Quint, C–e Terz: das Einheitsmoment e ist
hier nicht ein habendes, sondern ein gehabtes: e ist
von a als Quint, von C als Terz bestimmt oder abhängig,
es ist der verbindende, die beiden Intervalle zusammen-
haltende Ton hier nicht actives, sondern passives,
nicht bestimmendes, sondern bestimmtes Einheitsmoment.
Der Molldreiklang hat damit eben Natur und Ausdruck der
Abhängigkeit, des Leidens.

Setzen wir nun denselben Ton zuerst als actives, dann,
im Widerspruch, als passives Einheitsmoment, so erhalten
wir, wenn wir die Bildung von G wollen ausgehen lassen:

$$G\ H\ D \qquad C\ es\ G \qquad \overleftrightarrow{C\ es\ \overset{0}{G}\ h\ D}$$
$$\text{I} - \text{II} \qquad \text{I} - \text{II} \qquad \underbrace{\text{II}}\ \underbrace{\text{I}}$$

$Ces G$ ist der Widerspruch von GhD. In GhD hat G
Quint und Terz; in $Ces G$ wird G von C als Quint, von es
als Terz gehabt.

Diese passive Bedeutung als hauptsächlich gelten sol-
lende zu bestimmen, wird der Accord $CesG$, wie der tonische Dreiklang $Ce G$ des Durtonartsystems, wieder zur Mitte
von drei Dreiklängen werden müssen. Nicht, dass er nach

unsrer Vorstellung es räumlich wird, das Wesentliche ist,
dass er es zeitlich sein muss, dass er zwischen Voraus-
gegangenem und Nachfolgendem zu stehen kommt und so
die Bedeutung des zeitlich Wirklichen, der Gegenwart erhält zwischen Zukunft und Vergangenheit. Der Dreiklang
C es G wird, wie er seinen vorangegangenen Oberdominantaccord hat, auch seinen Unterdominantaccord als nachfolgenden erhalten müssen. Dieser aber kann ein anderer
nicht sein, als der *F*-Molldreiklang, denn es ist eine Weiterbildung aus dem Anfange

nach der Unterdominantseite nur in Molldreiklängen, wie
nach der Oberdominantseite nur in Durdreiklängen möglich.
Der nächste Dreiklang nach dieser wird *D fis A*, der nächste
nach jener der Dreiklang *F as C* sein. Das Tonartsystem,
welches den *C* moll-Accord zur Mitte hat, wird demnach in
der Dreiklangsreihe

$$F \; as \; C \; es \; G \; h \; D$$

bestehen müssen, die in ihrer melodisch-harmonischen
Auseinandersetzung so erscheint:

Suchen wir in diesem Systeme die Dreiklänge auf, die
ausser den drei schon gegebenen darin enthalten sind, so
findet sich nächst dem Oberdominantdreiklange, von welchem, als der positiven Voraussetzung, das Tonartsystem
ausgegangen ist, der Duraccord nur einmal noch und zwar
auf der sechsten Leiterstufe, auf der Unterdominantterz
vor: *as C es.* Die zweite und siebente Stufe tragen verminderte Dreiklänge *D/F as* und *h D/F.* Sie sind, eben wie

im Durtonartsysteme, unter sich verschieden. Der Dreiklang der zweiten Stufe ist hier aber als verminderter unzweideutig zu erkennen: seine Quint ist auch in der Notenschrift, wie auf der Claviatur, nicht mit der reinen Quint zu verwechseln, wie es bei der Quint des Dursystems an dieser Stelle bei *D-a* geschehen kann, wenn man die Natur des Accordes nicht beachtet. Der Dreiklang auf der tonischen Mollterz, *es G h*, ist der sogenannte übermässige, sein mittlerer Ton *G* ist nach beiden Seiten bezogen, nach *es* und nach *h*, und diese beiden Töne finden ebenfalls blos in ihm eine indirecte Beziehung zu einander, direct haben sie keine. Directe Intervalle können nur Octav, Quint und (grosse) Terz sein.

Die Molldurtonart.

Wenn der Durdreiklang *G h D* des Molltonartsystemes als tonischer, als Mitte, gesetzt wird, so bildet sich eine Tonart, die nur zur Unterdominant einen Molldreiklang erhält, die Tonart

C es G h D fis A

Diese Tonart enthält die Negation des Durdreiklanges, wie das Molltonartsystem, als eine wesentliche Bestimmung, setzt aber dieselbe nicht als Hauptsache, als tonische Mitte, sondern lässt als diese noch den Durdreiklang gelten, wodurch der Molldreiklang nur in die Unterdominantbedeutung zu stehen kommt.

Sie bewegt sich harmonisch-melodisch in den Accorden:

Ihr Charakter und der Unterschied vom Durtonartsysteme ist die kleine sechste Stufe bei tonischer Durterz.

Für dieses Tonsystem, das zwar nicht wie das Dur-
und Mollsystem als Grundtonart eines ganzen Musikstückes,
wohl aber in einzelnen harmonischen Combinationen viel
zur Anwendung kommt, finden wir keinen besonderen
Namen vor.

Ich habe es (Die Natur der Harmonik und Metrik) Moll-
durtonartsystem genannt; *) eine Benennung, die sehr gern
dem Vorschlag einer bessern weichen wird.

Die verminderten Dreiklänge in diesem System sind
nothwendig dieselben wie in der Molltonart, da sie nur in
Eigenschaften der Dominantdreiklänge beruhen und diese
dieselben wie dort sind: ein Oberdominant – Durdreiklang
und ein Unterdominant – Molldreiklang. Den übermässigen
Dreiklang, der in der Molltonart auf der tonischen Terz seinen Sitz hat, findet man in der Molldurtonart auf der Unterdominantterz.

Tonleiter in der Durtonart.

Die Tonleiter bewegt sich, auf- und absteigend, in Secundfortschreitungen durch die harmonisch bestimmten
Töne der Tonart. Der melodisch nächste Ton einer solchen
Fortschreitung kann aber auch in der Leiter immer nur ein
harmonisch vermittelter sein. Die zweite Stufe der C dur-
Leiter, der Ton D, ist bestimmt nur zu fassen, oder frei zu
intoniren als Quint des G-Durdreiklanges, die dritte Stufe
e nur als Terz des C-Durdreiklanges, und so erhalten diese
drei Töne $C D e$ als Secundfortschreitungen aus dem blei-

---

*) In Moritz Hauptmann's »Natur der Harmonik und der
Metrik« ist die Entwickelung des Molldurtonartsystems Seite 39 zu
finden.   Anm. des Herausgebers.

benden *G* ihre Bestimmung: es ist in der Fortschreitung
C D e der Ton *G* der bindende Halt:

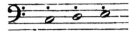

Es ist der Ton *G*, an welchem, nach dem bestimmten *C*,
die Töne *D* und *e* sich als weitere Leiterstufen bestimmen.
Vom Tone *e* nach *F* ist es der Grundton *C* selbst, der für *F*
eine Bestimmung abgiebt, ebenso werden durch *C* die Stufen *G* und *a* bestimmt. Von *C* bis in die Sext *a* ist sonach
der Stufengang

Die von *C* aus aufsteigende Bewegung wird in *D* fixirt durch
das Grundton-werden des *G*, das zu Anfang Quint war; in
e, durch das wieder Quint-werden des *G*; in *F*, durch das
Quint-werden des *C*, das im Zusammenklang mit *e* Grundton war; in *G*, durch das wieder Grundton-werden des *C*;
in *a*, durch das neue Quint-werden des *C*. So ist es ein
wiederholtes Umschlagen in das Entgegengesetzte an der
Quint und am Grundtone, was den ersten sechs Stufen der
Leiter ihre Bestimmung giebt. Diese Leitertöne treten aber
selbst in der Folge von Grundton, Quint und Terz auf: *C*
ist tonischer **Grundton**, *D* Oberdominant**quint**, *e* ist
tonische **Terz**; *F* ist Unterdominant**grundton**, *G* tonische **Quint**, *a* Unterdominant**terz**.

Für den Uebergang von der sechsten zu einer siebenten
Stufe ist in den drei Hauptdreiklängen der Tonart eine Vermittlung nicht geboten. Die siebente Stufe ist *h*, die Oberdominantterz, die sechste ist *a*, die Unterdominantterz, und
zwischen Unter- und Oberdominantdreiklang eine Verbindung nicht da. Daher an dieser Stelle auch eine Unter-
brechung des leichten Fortganges, wie er bei den ersten
sechs Tönen der Leiter sich ergiebt, bemerklich gefühlt

wird. Von der sechsten Stufe ist aufsteigend nur eine
weitere Folge zu vermitteln durch die Nebenaccorde *a C e*
und *e G h*. Wenn die sechste, *a*, als Grundton des *A*–Molldreiklanges gesetzt wird, die siebente dann als Quint des
e–Mollaccordes sich ihr accordisch anschliessen kann.
Dann ist hier, und zwar auch für die letzte Fortschreitung
h–C, in Folge der vorletzten *a–h*, der Ton *e* das bindende
Uebergangsglied:

Für die ganze Leiter ist somit zu Anfang die Q u i n t, in
der Mitte der G r u n d t o n, zuletzt die T e r z des tonischen
Dreiklanges das, woran die Uebergangsbestimmungen von
einem Tone zu dem andern geschehen:

An sich hat eine Secundfortschreitung keine Bestimmtheit. Nach den vorhergegangenen kurzen Angaben akustischer Verhältnissbestimmungen ist leicht einzusehen, dass
die Entfernung von *C* zu *D* grösser sein muss, als die von
D zu *e*: denn *D* als Quint der Quint wird zu *C* sich wie 4
zu 9 verhalten, als Secund wie 8 zu 9; *e* aber steht im
Verhältniss zu *C* wie 4 zu 5, oder 8 zu 10, daher die drei
Töne *C D e* sich wie 8 : 9 : 10 verhalten werden, die Differenz zwischen 8 und 9 aber ist $\frac{1}{8}$, zwischen 9 und 10 ist
sie $\frac{1}{10}$, mithin kleiner als die erste. Für solche Unterschiede würde einer blos melodischen Stufenleiter Grund
und Bestimmung fehlen, die harmonisch - melodische verlangt sie und gewährt in ihren Fortschreitungen sie ganz
von selbst: wir singen *C* als Grundton, *D* als Dominant-

quint, *e* als tonische **Terz**, *F* als Unterdominantgrundton, *G*
als tonische Quint, *a* als Unterdominantterz, *h* als Oberdominantterz, *c* als Octav des Grundtones. Die Intonation
dieser Stufentöne geschieht nicht durch irgend eine Bestimmung ihrer relativen Entfernung von einander, sie wird
allein nach harmonischer, nach Quint– und Terzbestimmung
gefunden; die Verschiedenheit der Stufengrösse ergiebt sich
daraus von selbst.

Die sechste und siebente Stufe sind hier als neben-
einanderstehende Unter – und Oberdominantterzen aufgeführt. Diese Bedeutung werden sie für das Tonartsgefühl
immer hauptsächlich behaupten, wenn auch die harmonisch-
melodische Vermittlung in der Leiter nur durch die tonische
Terz, durch *a* und *e* im Molldreiklang geschehen musste.
Es wird aber bei dem Schritt *a–h* immer nicht leicht sein,
eine harmonische Folge zu finden, die nicht wenigstens
einer vorübergehenden Bedeutung der oben angegebenen
Vermittlung Raum giebt; denn wenn wir setzen:

so ist in der harmonischen Ausführung bei *a–h* von einem
a– und *e*–Molldreiklange zwar nicht die Rede, aber die
Fortschreitung der begleitenden Stimme von *F* nach *D* führt
eben durch *e*, durch den *a* und *h* vermittelnden Ton, und
dieses, wenn auch nicht ausgesprochene *e* ist es, was den
Schritt von *a* nach *h*, in der *C*–Durtonart, ganz allein zu
einem melodischen machen kann, was diesen Secundabstand
überhaupt zum Schritt vermittelt, da er ohne diese Vermittlung immer Sprung bleibt, wie man es bei der Folge

wahrnehmen wird, die zwischen *a* und *h* die Trennung
deutlich fühlen lässt.

Die Tonleiter im Molltonartsystem.

Das Molltonartsystem besteht, wie früher nachgewiesen, seinem harmonischen Inhalte nach aus dem Durdreiklang der Oberdominant, dem Molldreiklang der Tonica und dem Molldreiklang der Unterdominant (vergl. p. 20).

Die Leiterfortschreitung ist hier in den ersten fünf Stufen ganz in derselben Weise vermittelt, wie in der Durtonart; zuerst durch die Quint, dann durch den Grundton.

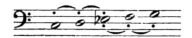

Auch die sechste Stufe, die Unterdominantterz, schliesst, durch den Grundton mit der fünften vermittelt, dieser Folge sich noch willig an:

Von hier aber nach der Oberdominantterz, von *as* nach *h*, ist entschieden eine vermittelte Folge nicht möglich: *as–h* bleibt immer ein Sprung, es kann nicht zum Schritt werden, wie es im Durtonartsystem die Secund *a–h*, zuerst auch getrennt, in der Vermittlung durch *e* werden konnte. Wenn in der Stufenfolge der Molltonart weiter gegangen werden soll als bis zur sechsten, so darf als sechste Stufe die Unterdominantterz nicht genommen werden, denn es führt diese nur zurück in die fünfte, nicht aber weiter in die siebente Stufe.

Der Ton *G* tritt in der aufsteigenden Leiter der *C*-Molltonart in der Bedeutung der tonischen Quint ein. Eine andere Bedeutung hat *G* aber im System noch als Grundton des Oberdominantdreiklanges, des Dreiklanges *G h D*. In diese letztere wird die Folge den Ton zu versetzen haben, wenn sie über die sechste hinaus will. Jetzt wird der Ton

D, die Quint des Oberdominantdreiklanges, die Vermittlung, indem er, wie vorher *G*, in der Folge

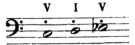

dann *C*, in der Folge

auch aus der Quintbedeutung in die des Grundtones über-
und dann in die erste zurückgeht:

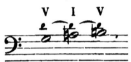

Es ist offenbar, dass diese grosse Sext der Molltonleiter
nicht Durterz des Unterdominantdreiklanges sein kann, die
in diesem System unmöglich ist. Sie ist die Quint der Oberdominantquint: nach unserer Buchstabenbezeichnung nicht
a, sondern *A*, die Quint des über dem System nach der
Durdreiklangsseite liegenden *D*-Duraccordes. Daher die
Folge:

welche den Ton *A* in diesem Sinne enthält, dem Ohre ganz
eingänglich ist, dagegen *a* in der Bedeutung der *F*-Durterz

ihm etwas der Natur Fremdes zumuthet.

Die herabgehende Molltonleiter würde, wenn sie nach
der Octav die grosse siebente Stufe ergreifen wollte, jetzt
wieder nicht zu der kleinen sechsten gelangen können, darf
also, wie die aufsteigende die kleine sechste zu meiden hat,
diese grosse Septime, die Oberdominantterz, nicht berühren.

In der aufsteigenden Leiter ist die 8te Stufe, *C*, als tonische
Octav erschienen; *C* hat die andere Bedeutung: Quint des
Unterdominantdreiklanges zu sein. *F*, der Grundton die es
Dreiklanges, vermittelt jetzt den Schritt von *C* nach *B*, nach
der kleinen siebenten Stufe, nach welcher die kleine sechste
sich durch dieselbe Vermittlung dann anschliesst.

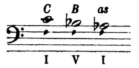

Dieses *B* als absteigend kleine Septime der Molltonleiter
ist nun ebensowenig die Mollterz des Tones *G* (*b*), als die
aufsteigende grosse Sext *A* die Durterz (*a*) von *F* ist, denn
der *G*–Molldreiklang ist in der *C*–Molltonart, welche den
G-Durdreiklang zur ersten Bedingung hat, eben so unmöglich, wie es der *F*-Durdreiklang als Unterdominantaccord für diese Tonart ist.

Es besteht sonach die harmonisch vermittelte Leiter der
C–Molltonart in auf- und absteigender Bewegung in folgendem Gange:

So hat die Durtonleiter ihre Vermittlung der als Ober-
und Unterdominantterzen getrennten sechsten und siebenten Stufe durch die tonische Terz, d. i. durch die **Mitte**
des Tonartsystemes. Die Molltonleiter bedarf zur Fortschreitung von der fünften nach der siebenten Stufe aufsteigend die Vermittlung durch die Oberdominantquint, absteigend von der achten nach der sechsten Stufe die Vermittlung durch den Unterdominantgrundton; entgegengesetzt
der Durtonart, also durch die **Grenzen** des Tonartsystemes.

Tonleiter der Moll-Dur-Tonart.

Jene Tonart, welche den Durdreiklang zum tonischen und Oberdominantaccord, zum Unterdominantaccord den Molldreiklang hat, d. h. die Tonart mit grosser Terz und kleiner Sext, erhält bis zu der fünften Stufe die Leiterfortschreitung der Durtonart, von hier aber, wenn über die sechste Stufe hinausgegangen werden soll, bis zur achten Stufe die Fortschreitung der Molltonart.

Ihre grosse sechste Stufe ist, wie im Molltonartsystem, durch die Oberdominantquint bestimmt, mithin Quint des *D*-Durdreiklanges. Ihre kleine siebente Stufe im Absteigen, durch den Unterdominantgrundton in Quintbedeutung bestimmt, ist Grundton des *B*-Molldreiklanges.

So treten in dieser, wie in der Molltonart, weitab von einander liegende Dreiklangstöne, wie hier die Quint des *D*-Dur- und der Grundton des *B*-Mollaccordes, in einem Systeme zusammen, die sich sonst fremd zu bleiben scheinen müssten.

_____

Es ist schon bemerkt worden, dass die Stufen der Leiter in der harmonischen Ausführung nicht nothwendig die Accorde zu erhalten haben, durch welche sie in der abstract melodischen, einstimmigen Folge bestimmt werden. Ja, es ist bei dieser Bestimmung der Scalentöne von Accorden, von Dreiklängen eigentlich gar nicht die Rede, sie sind vielmehr nur Intervallbestimmungen: das *A* der *C*-Molltonleiter ist von *D* zur Quint, das *B* derselben von *F* zum Grundton bestimmt, womit allerdings jenes *A* kein anderes, als die Quint des *D*-Durdreiklanges, dieses *B* kein anderes, als der Grundton des *B*-Molldreiklanges sein kann. Sie können aber mit Tönen harmonisch zusammentreten, die ihnen nicht als ihre Dreiklangsangehörigen zukommen, wie es in der harmonisch‑melodischen Combination öfter geschieht; sie behalten darum nicht weniger die Natur ihrer Herkunft. In dem Gange:

wird man bei dem Intervall *A–F* nicht den *F*‑Duraccord hören, sondern den Grundton des *F*‑Molldreiklanges im Zusammenklange mit der Quint des *D*‑Durdreiklanges. Der Sänger der Mittelstimme

würde in dieser Umgebung den zweiten Ton nicht in einem anderen Sinne intoniren können, wie als Quint *A* von *D*. Ebenso hört man, in derselben Tonart, in dem Gange

das Intervall *B–D* nicht als den *B*‑Durdreiklang, sondern das Zusammentreten der Oberquint *D*, mit dem Grundtone *B*, des zur Quint gewordenen Unterdominantgrundtones *F*. Denn es ist *D* mit *es* melodisch durch *G*, *C* mit *B* durch *F* vermittelt, jenes auf der Ober‑, dieses auf der Unterdominantseite des Tonartsystemes. Die Zusammenklänge *A–F* und *B–D* unterscheiden sich in diesem Vorkommen von denen *a–F* und *B–d* in der Wirkung auch auf dem Clavier, wo sie real doch nicht verschieden sein können. Es ist aber die tonartliche Beschaffenheit, was sie uns in dem Sinne hören lässt, der ihnen zukommt. Dieses Intervall, das einen Grundton mit seiner vierten Quint als Pseudo‑Terz zusammenfasst, im Verhältniss 64 : 81 statt der Terz

64 : 80 (4 : 5), ist im Klange von eigenthümlicher Spannung; man fühlt das Uebermaass des Umfanges von vier
Quintentfernungen, der über die Grenzen eines in der Einheit zusammenzufassenden Systemes hinausgreift. Vor dem
Auge als ruhige Terz erscheinend, drängt es als ein dissonantes Intervall auf's Heftigste nach Fortschreitung.

Eines anderen Dissonanzdreiklanges haben wir noch zu
gedenken, der nicht aus einer Erweiterung, vielmehr aus
einer Fortrückung des Tonartsystemes nach der Oberdominantseite, und dem Zusammentreten der dadurch verän-
derten Grenzen entsteht. Es ist der Zusammenklang, aus
welchem in der Molltonart und Molldurtonart der übermässige Sextaccord hervorgeht. Wie dieser Accord aber wesentlich in den Septimenaccord eingreift, so wird er im
Zusammenhange mit diesem passender zu besprechen sein.
Die praktische Kenntniss dieser Harmonie, wenn sie vorher
zu Beispielen anzuführen sein sollte, dürfen wir immer
voraussetzen.

Dreiklangsfolge. Accordverbindung.

In der Tonleiter ist die Aufeinanderfolge der Töne zwar
insofern eine harmonisch bestimmte, als die Leiterstufen
Dreiklangstöne sind und ihre Bestimmung durch Accord-
intervalle geschieht. Eine wirkliche Accordfolge ist aber
durch die Tonleiter so wenig ausgesprochen, als sie in allen
ihren Schritten sich der Dreiklangsverbindung als Stimmen-
fortgang zu anderen Stimmen auf das Willigste wird fügen
wollen.

Schon der erste Schritt *C . . D*, in der Leiter durch die
Quint *G* vermittelt, ist in der Accordfolge nicht natürlich
gegebene Fortschreitung; denn auf die Dreiklänge von *C*
und *G* bezogen, schreitet *C* nach *h*, *e* nach *D* fort:

und wenn die Stimme C den Ton D übernehmen will , so
wird, wenn das accordverbindende G seinen Platz behalten
soll, e genöthigt werden nach h zu springen :

Beim nächsten Schritt von D zu e fällt die Leiterfortschreitung mit der harmonisch bestimmten zusammen, ebenso die
dritte von e zu F :

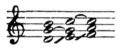

Jetzt aber tritt wieder eine Verschiedenheit zwischen Leiterfortschreitung und harmonisch nächstem Stimmengange ein,
denn der Ton F geht in der fortgesetzten Leiter nach G, in
der Accordfolge nach e :

und es würde, wie beim ersten Schritt C . . D , auch bei
diesem fünften F–G eine andere Stimme genöthigt sein, ihr
melodisch Nächstes zu übergehen, um einen im Accord fehlenden Ton zu ergreifen :

Der sechste Schritt ist wieder in der Dreiklangsverbindung
und Scalenfortschreitung derselbe :

Von a zu h, im harmonischen Sinne des a–Moll– und e–Molldreiklanges , widerspricht die Leiterfortschreitung der harmonisch bestimmten, die aus a nach G führt :

und nach *h* geführt, den Ton *G* einer andern Stimme ab-
·verlangen würde, in derselben Weise wie bei der ersten
und vierten Fortschreitung:

So geht es aus der Betrachtung der nächsten harmonischen Beziehungen hervor, dass die Scalenfortschreitung
nicht überall der direct accordlich bedingten entsprechend
ist. Daher, beiläufig gesagt, es ungehörig ist, die harmonische Begleitung der Tonleiter, wie es früher namentlich
üblich war, zu einer der ersten Uebungen im mehrstimmi-
gen Satz machen zu wollen. Die Aufgabe hatte gewisse
feststehende Generalbassregeln, die wohl in compact zu-
sammengeschlagenen Accorden ohne grosse Schwierigkeiten
auszuüben sind, den Ausübenden aber über das eigentliche Wesen der harmonischen Verbindung ganz im Un-
klaren lassen, ihm auch Etwas zumuthen, das er mit Ver-
stand zu leisten vom Anfang nicht befähigt ist. Zu ersten
Uebungen eignen sich nur Aufgaben, welche die Harmonie
nach ihrer schlichtesten Weise in den Stimmen sich fort-
spinnen lassen.

Die Tonleiter hat ihre Stufenbestimmung als einzelne
Stimme für sich, abstract melodisch, wobei auch die Richtung, in der die Fortschreitung sich bewegen soll, als auf-
oder absteigend, vorausgesetzt ist.

In der Accordfolge wird die Dreiklangsverbindung maassgebend sein für die Fortschreitung der einzelnen Stimme in
Verbindung mit andern. Die Schritte *C . . D, F . . G, a . . h*
können als direct harmonisch vermittelt in der Accordfolge
nicht vorkommen, wenn der erste im Uebergang aus dem
C-Durdreiklang nach dem *G*-Durdreiklang, der zweite im
Uebergang aus dem *F*-Dur- nach dem *C*-Durdreiklang, der
dritte im Uebergang aus dem *a*-Moll- nach dem *e*-Moll-

dreiklang seine Bedeutung finden soll; denn diese Uebergänge sind harmonisch schon zusammengesetzte. In der
Accordverbindung liegt zwischen dem *C*-Dur- und *G*-Dur-
dreiklang der *e*-Molldreiklang, zwischen dem *F*-Dur- und
C-Durdreiklang der *a*-Molldreiklang, zwischen dem *a*-Moll-
und *e*-Molldreiklang der *C*-Durdreiklang. Diese Zwischen-
accorde werden bei harmonischer Vermittlung nicht über-
sprungen, und können nicht umgangen werden, sie liegen
am Wege. Es sind Stationen, bei denen im Schnellzuge
nicht angehalten wird. Im Uebergange vom *C*-Dur- nach
dem *G*-Durdreiklange wird immer die Stimmenbewegung,
welche der *e*-Molldreiklang verlangt, *C*..*h*, die erstgefor-
derte sein. Mit ihr kann aber die zweite, welche aus dem
e-Molldreiklang nach dem *G*-Durdreiklang führt, oder eben
diesen selbst aus jenem werden lässt, *e*..*D*, gleichzeitig
geschehen. Das verleugnet den Zwischenaccord nicht, es
hat nur bei diesem nicht angehalten. Ankunft und Abfahrt
gehen so in Eins zusammen, dass der Uebergang aus dem
Dreiklange *C* nach dem Dreiklange *G* ein unmittelbarer zu
sein scheint. So ist's auch bei den andern Folgen von Dreiklängen, deren Grundtöne eine Quint auseinanderliegen,
sie sind immer zusammengesetzte, und können, wenn nur
harmonisch bedingte Bewegung bestimmend ist, das unmittelbar Verbundene der Harmonie nicht verleugnen.

Es wird aber, wie die Aufeinanderfolge der Leitertöne
nicht überall mit der harmonisch direct bestimmten Melodie-
bewegung zusammentrifft, auch die harmonische Begleitung
dieser Leitertöne nicht nothwendig in den Accorden bestehen müssen, in denen sie als Grundton, Quint oder Terz
zuerst ihre Bestimmung erhalten haben, wie überhaupt die
Scalenfolge nicht als Dreiklangsfortschreitung, sondern nur
aus Intervallenbestimmung ihre Stufen fixirt erhält. Die
letzten drei Stufen der aufsteigenden *C*-Durtonleiter gründen
sich auf den *a*-Moll- und *e*-Molldreiklang.

Die harmonische Behandlung wird aber, wenn sie eine andere Vermittlung für die Töne *a–h–C* finden kann, nicht diese Dreiklänge selbst einführen wollen, die dem harmonischen Einheitsgefühle ferner liegen als der tonische und seine Dominantaccorde, als deren Glieder wir auch zunächst diese Leitertöne hören: *a* als Terz von *F*, *h* als Terz von *G*, *C* als Grundton. So würde eben der oben schon gezeigte Gang

der melodischen Vermittlung wie der harmonischen Verbindung vollkommen Genüge leisten; denn es ist jene für den Uebergang *a . . h* in *e* enthalten, und der harmonische Schritt *D . . F* der begleitenden Stimme bewegt sich eben durch dieses die Stufen *a* und *h* vermittelnde *e*.

Wie aber hier das durchgehend vermittelnde *e* gar nicht ausgesprochen wird und doch seine Function ausübt, so wird auch jeder harmonische Uebergang, dessen erster Accord *F*, der zweite *D* enthält, die melodische Fortschreitung *a . . h*, indem sie eine solche Vermittlung denken lässt, als eine zulässige erscheinen lassen können, z. B.

In der zweiten dieser Fortschreitungen treten in den oberen drei Stimmen alle drei Secundschritte zusammen, die von den harmonisch verbundenen ausgeschlossen sind: *C . . D*, *F . . G*, *a . . h*. Denn in harmonisch engem Verbande

kommen nur die folgenden Secundschritte vor:

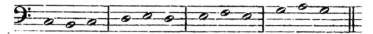

Bei der obigen zweiten Folge kommt noch die Quart-
parallele in den zwei mittleren Stimmen dazu, den Gang
um so härter werden zu lassen; bei alledem ist diese
zweite Folge mit ihren Quartparallelen von weniger harter
Wirkung als die erste, welche die Parallele der Dominantterzen in den äusseren Stimmen enthält und die Fortschreitung *a* .. *h* ohne ein in Bezug zu *F* herabtretendes *D*
geschehen lässt. Die Folge würde dreistimmig geschmeidig
im Folgenden bei 1., noch besser vierstimmig wie bei H.
sich hören lassen:

Wenn wir nur Clavier- und Orchester-Musik vor Augen
haben, kann es sehr überflüssig scheinen, mit so minutiösen
Unterscheidungen verschiedener Secundfortschreitungen uns
aufzuhalten, ja überhaupt sie in Betrachtung zu ziehen.
Wir wollen aber den musikalischen Körper in seinen Gliedern und ihren Functionen kennen lehren, wie der Maler
den menschlichen Körper in seiner organischen Beschaffenheit kennen soll, auch wenn er ihn mit Faltenwurf reich zu
bekleiden hat. Es sind aber dennoch diese Unterschiede
nicht etwas Unwesentliches, wie im lebendigen Organismus
auch das kleinste Glied im ganzen und durch den ganzen
Körper bestimmt nicht etwas Unbedeutendes ist. Eine Secundfortschreitung ist die Aeusserung eines inneren bedeutenden Vorganges; sie wird eine natürliche, sich leicht be-

wegende, wenn dieser innere Vorgang ein ungezwungener, ein leichtvermittelter ist. Bei complicirtem inneren Verhalten wird auch die Aeusserung in der Secundfortschreitung eine weniger leicht sich ergebende sein. An der mechanischen Vorrichtung der Claviatur lassen sich die disparatesten Intervalle mit derselben Leichtigkeit anschlagen, wie die innerlich nächst zusammenhängenden. Versuchen wir aber mit der Stimme Intervalle anzugeben, so werden oft weit auseinanderliegende Töne leicht, nah zusammenliegende schwer, ja unter Umständen, wenn es mit Sicherheit geschehen soll, die allernächsten ganz unmöglich zu intoniren sein. Der äusserlich nächste eines Tones ist der chromatisch von ihm verschiedene. Nach dem Dreiklang *G h D* wird die mittle Stimme *h* ohne Schwierigkeit nach *b* übergehen können; es ist der Uebergang aus dem G–Duraccord nach dem *G*–Mollaccord; der oberen Stimme *D*, die leicht nach *dis* gehen könnte, fehlt aber jede Bestimmung nach *des* überzugehen, sowie der unteren Stimme *G* hier alle Bestimmung für die Intonation des *ges* fehlen würde: das sind Fortschreitungen, die bei äusserster Nähe doch innerlich unvermittelbare und als solche absolut unsingbare bleiben. Nicht gehören zu solchen manche schwer zu treffende, aber doch immer treffbare Intervalle, wie der Tritonus, die übermässige Secund, die übermässige Quint. Für das Quartintervall *C–fis* findet die Intonation einen Anhalt an der Quint *G*, zu welcher sie *fis* als Leitton ergreifen kann. Zu der übermässigen Secund *C . . dis* ist der vorausgesetzte Terzton *e*, zu welchem *dis* als Leitton genommen wird, bestimmender Anhalt; ebenso für die übermässige Quint *C . . gis* die Sext *a*. An sich unvermittelte, werden sie singbar durch einen Ton, zu welchem der zu ergreifende der Leitton ist, und so kann es auch noch die Secund der sechsten zur siebenten Stufe werden. Als vom Ausgang nicht vermittelte, bilden solche Intervalle aber immer einen

Sprung, sie können nicht zum Schritt werden. Manches Hierhergehörige findet sich erläutert in: »Die Natur der Harmonik und der Metrik«, S. 63—74.

Melodisches Uebertreten der Töne bei Dreiklangs- fortschreitungen.

Es sind die Dreiklangsfortschreitungen nach ihrer har-monisch–melodischen Vermittlung in drei Arten zu be-trachten.

1) Der Dreiklang kann in einen andern, durch zwei Töne ihm verbundnen übergehen: der tonische in den einen oder andern Mollaccord.

2) Er kann in einen andern, durch e i n e n Ton ihm verbundnen übergehen: der tonische in den einen oder andern Dominantaccord.

3) Er kann in einen andern von ihm völlig getrennten übergehn: der tonische in den einen oder andern vermin-derten Dreiklang.

Wenn wir die beiden ersten Uebergangsarten sogleich in Noten darstellen durften, da die Fortschreitung der Stim-men in denselben eine fast selbstverständliche ist, so kön-nen wir mit dieser letzten nicht auf gleiche Weise ver-fahren.

Der C–Dur- und der a–Molldreiklang, wie der C–dur- und der e–Molldreiklang sind nächstverwandte ineinander-liegende Accorde.

$$C\text{–}e\text{–}G \qquad\qquad C\text{–}e\text{–}G$$
$$a\text{–}C\text{–}e \qquad\qquad e\text{–}G\text{–}h.$$

Im ersten Uebergange ist *C–e*, im zweiten *e–G* bleibendes gemeinschaftliches Intervall. Der Stimmenschritt ist unzweifelhaft bei jenem *G . . a*, bei diesem *C . . h*. Ohne Nöthigung, die ausser den nächsten Bedingungen der Harmoniebildung liegt, wird die Fortschreitung nicht anders geschehen. Solche Nöthigung kann (*a.*) in vorausbestimmter Melodie einer der hier unbewegten Stimmen, oder (*b.*) in mehr als Drei- und Vierstimmigem gegeben sein:

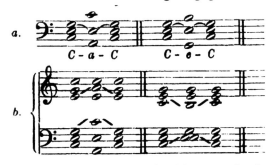

Der *C*-Dur- und der *F*-Durdreiklang, wie der *C*-Dur- und der *G*-Durdreiklang haben unter sich nur einen gemeinschaftlichen Ton.

$$C{-}e{-}G \qquad C{-}e{-}G$$
$$F{-}a{-}C \qquad G{-}h{-}D.$$

Ein Uebergang kann das Nächste nicht überspringen, er muss es durchgehen, und so kann die Fortschreitung zu dem Dominantaccord nur durch den zwischenliegenden Mollaccord führen. Der erste Schritt aus dem tonischen Dreiklang *C* nach dem Unterdominantdreiklang *F* ist der der Stimme *G* nach *a*, womit der *a*-Mollaccord entstanden; der zweite Schritt ist der der Stimme *e* nach *F*, womit aus dem *a*-Molldreiklang der *F*-Durdreiklang geworden. Wenn beide Schritte zugleich erfolgen, wie es im scheinbar unmittelbaren Uebergange aus dem *C*-Dur- nach dem *F*-Duraccorde geschieht, so ist der letztere doch nicht weniger durch den *a*-Molldreiklang mit dem *C*-Durdreiklange vermittelt. Die Fortschreitung geschieht hier also mit zwei

Stimmen, welche eine Secunde auf- oder abwärts sich in Terzparallelen bewegen, wenn es nicht durch anders bestimmte Melodie gehindert wird. Z. B.

Die oben unter 3) angegebene Accordfolge aus einem Dreiklange in einen ihm gar nicht verbundnen: aus dem tonischen in einen der verminderten *C e G . . D/F a*, *C e G . . h D/F*, kann nun, wenn schon der Dominantaccord dem tonischen nicht unmittelbar verbunden war, noch weniger ohne hinzutretende Vermittlung erfolgen. Ohne einen, zwei auf einander folgenden Accorden gemeinschaftlichen, vorhandenen oder hinzugedachten Ton ist eine verständlich fortschreitende Dreiklangsfolge nicht möglich.

In den beiden Uebergängen

$$D/F a . . C e G, \qquad C e G . . h D/F$$
$$\longleftarrow e \qquad\qquad e \longrightarrow$$

ist das Verbindende für die erste Folge der *a*-Molldreiklang, von welchem der *C*-Durdreiklang Terz- und Quintton (*C e*), der verminderte Dreiklang *D/F a* den Grundton (*a*) enthält. Der Uebergang aus *C e G* nach *D/F a* geschieht, indem für *C e G* der Dreiklang *a C e* substituirt wird:

Die untere Stimme ergreift das vermittelnde *a* und die Fortschreitung geschieht nun aus *a C e* nach *D/F a*.

In der Folge *C e G . . h D/F* ist es der *e*-Mollaccord, von welchem der *C*-Durdreiklang Grund- und Terzton (*e G*), der verminderte Dreiklang *h D/F* den Quintton *h* enthält, und die Fortschreitung geschieht in diesem Sinne:

nämlich wie aus dem *e*-Mollaccorde nach dem verminderten Dreiklange *h D/F*. Die obere Stimme ergreift das accord-vermittelnde *h*, die andern gehen secundweis nach *D . . F*.

Bei einer solchen Terzbewegung von zwei Stimmen zu einer dritten liegenden wird aber schon ein zwischen-liegender Accord durchgangen; denn die nächstliegenden Dreiklänge, die unmittelbar zusammenhängenden, sind nur in **einer** Stimme different. So sind die Uebergänge *C e G — D F a* und *C e G — h D F* ausführlich dargestellt.

Während aber die beiden ersten Arten der Accordver-bindung, aus dem tonischen nach den Molldreiklängen und nach den Dominantdreiklängen, bei der Zurückführung auf den tonischen wieder die erste, die Ausgangslage desselben entstehen lassen:

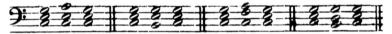

ist das bei dem Uebergange nach den verminderten Drei-klängen nicht der Fall. Denn wir werden nicht setzen:

Der verminderte Dreiklang *D/F a* ist, wie wir vorher gesehen haben, in seiner Quartsextlage nicht aus der Drei-klangslage des tonischen *C*-Duraccordes hervorgegangen, sondern aus dem für diesen eingetretenen *a*-Molldreiklange, und bezieht in seiner Lage sich direct nur auf diesen. Es wird darum bei einer weiteren Fortschreitung, die auf den ersten Dreiklang zurückführen soll, die Frage nicht nach der ersten Lage dieses Accordes, wie sie dem zweiten voranstand, sein, sondern des für ihn gesetzten, der hier beim Uebergang in den Dreiklang *D/F a* der *a*-Mollaccord, beim Uebergang in den Dreiklang *h D/F* der *e*-Mollaccord

war. Der nach den verminderten Dreiklängen folgende tonische Dreiklang wird demnach seine Lage auf die des für
ihn substituirten Accordes bezogen haben wollen: im ersten
Falle die Dreiklangslage des *a*-Mollaccordes, im zweiten die
Dreiklangslage des *e*-Mollaccordes:

und die ganze Folge ist nothwendig diese:

Die versetzte Lage eines Dreiklanges, $\frac{6}{3}$ oder $\frac{6}{4}$, kann an
sich auf zweierlei Weise aus der $\frac{5}{3}$ Lage entstanden sein:
es ist entweder ein Dreiklang vorausgegangen, der den unteren Ton des Versetzten zum Grundtone hatte, oder ein
Dreiklang, der den oberen Ton des Versetzten zur Quint
hatte. Die Quartsextlage des Accordes *D/F a* kann aus dem
a-Molldreiklange oder aus dem verminderten Dreiklange
h D/F entstanden sein:

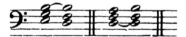

Der Sextaccord des verminderten Dreiklanges *h D/F* leitet
sich vom *e*-Mollaccord oder vom Dreiklang *D/F a* her:

Für die erste Rückkehr in den tonischen Dreiklang kann
die erste oder die andere Herleitung nur ganz gleiches Resultat in Bezug auf die Lage desselben herbeiführen. Die
Fortschreitung aus der Quartsextlage des Dreiklanges *D/F a*
in den tonischen Dreiklang kann eine andere nicht sein, als
die oben gezeigte, der erste möge seine Herleitung aus dem
a-Molldreiklange, oder dem verminderten Dreiklange *h D/F*
haben:

Der Quartsextaccord *a D/F* auf den *a*–Mollaccord bezogen, führt nach der Quartsextlage des tonischen, auf den verminderten *h D/F* bezogen, der die Substitution des *G*–Durdreiklanges zum Uebergang nach dem Tonischen erfordert, führt er in ebendieselbe Lage des letzteren.

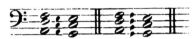

Die Sextlage des verminderten Dreiklanges *D/F h* ist auf den Dreiklang *D/F a* oder auf den Dreiklang *e G h* zu beziehen. Der erste *D/F a* hat die Substitution des Dreiklanges *F a C* nöthig, in den tonischen überzugehen, und führt aus diesem wie aus dem *e*–Mollaccord in dieselbe Sextlage des verminderten:

Geht aber die Folge aus diesen auf beiden Wegen gleichförmig erlangten Lagen des tonischen Dreiklanges wieder in die respectiven verminderten Dreiklänge, die erste aus der Quartsextlage des tonischen in den verminderten Dreiklang *D/F a*, die zweite aus der Sextlage des tonischen in den verminderten Dreiklang *h D/F*, so können beide Uebergänge in doppelter Fortschreitung geschehen:

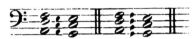

nachdem die Quartsextlage des tonischen Dreiklanges vom *a*–Moll– oder vom *G*–Durdreiklange, die Sextlage des tonischen Dreiklanges vom *e*–Moll– oder vom *F*–Durdreiklange abgeleitet wird.

Bei solchen Accordfolgen, wenn sie auch auf strengvermitteltem Wege geschehen, werden zwischen den Stimmen oft Quartparallelen vorkommen; nie aber werden Quintparallelen erscheinen, so wenig offenbare als verdeckte,

d. h. solche Fortschreitungen, wo zwei Stimmen in gleicher
Richtung aus einem andern Intervalle sich nach der Quint
bewegen. Die Quintparallele zeigt also, da sie in vermittelter Fortschreitung nicht vorkommen kann, etwas Unver-
mitteltes an, einen Mangel an Zusammenhang, sie ist leb-
los, ist ein todtes Glied im lebendigen Körper, sie ist damit
etwas Falsches, im reinen Satz Unzulässiges.

Wie aber bei der Folge direct zusammenhängender Dreiklänge in solchen Fortschreitungen, wo eine Stimme einen
andern als den durch die nächste Verbindung bedingten
Schritt zu thun hat, dann auch andere Stimmen zu anderen Schritten genöthigt werden, so wird auch in der
Folge unverbundener Dreiklänge solches eintreten. Wenn
z. B. in der Folge $CeG — D/Fa$ die Lage des ersten Dreiklanges eine weite ist und die Fortschreitung der tiefen
Stimme die Secund $C .. D$ sein soll, so wird e nach a, G
nach F zu gehen haben :

Die Stimme e wird den Ton ergreifen, der dem C zu übernehmen oblag, da C nicht nach a, sondern nach D ging.

Es würde aber schwer sein, solche von der direct ge-
botenen Stimmenfortschreitung abweichende Gänge in ein
System oder übersichtliches Schema zu bringen. Wenn
wir dann erst den mehr als drei- und vierstimmigen Satz
betrachten, so wächst die Verschiedenheit der möglichen
Gänge in's Zahllose, denn es war hier noch immer nur von
der Stimmenverbindung des wirklich nur dreistimmigen Dreiklanges, ohne Verdopplung irgend einer Stimme, die Rede.

In den obenverzeichneten dreistimmigen Dreiklangs-
verbindungen wird in den aufeinanderfolgenden Dreiklängen

der zweite Accord nur in einer versetzten Lage, in denen
$C..D..C$, $C..h..C$ der zweite und dritte versetzt vorkommen, und wir bemerken dann, dass diejenige Lage,
welche die Quint zu unterster Stimme erhält, wenn dieser
Ton nicht in derselben Stimme im vorhergehenden Accorde
schon enthalten war, wo der Grundton zu dieser Quint in
einer andern Stimme schon lag, etwas Ungehöriges hat.

Die ersten beiden der vorstehenden Folgen sind in dieser
Gestalt zulässig, die dritte ist es nicht.

Der G r u n d t o n ist die absolute Basis des Dreiklanges.
Die T e r z, als Verbindungsbegriff der Einheit und Zweiheit, ist, relativ ihres Einheitsinhaltes, auch als Bass zu
setzen: im Sextaccord. Die Q u i n t aber kann ihrer Natur nach nicht Basis sein: sie ist das der Einheit Entgegengesetzte, ist das Intervall der Trennung. Soll man sie als
Basis oder Bass vernehmen und gutheissen können, so bedarf es einer Ableitung ihrer aus dem Vorhergegangenen:
ihr Grundton muss vorher in einer andern Stimme dagewesen sein und in dieser verbleiben, oder sie selbst muss
vorher Grundton oder Terz gewesen sein. Das sind die ge-
wöhnlichen Regeln für die Zulässigkeit des Quartsextaccordes. Es wird aber viele Fälle geben, wo auch diese
Bedingungen der Quartsextlage noch nicht gehörig berech-
tigen, wie es einige giebt, wo ohne dieselben sich eine Berechtigung einstellt.

In der richtigen Anwendung des Quartsextaccordes ist
der Anfänger in der Harmonie oft unsicher; er bringt ihn,
wo er nicht hingehört, oder will ihn vermeiden, wo er nicht
allein zulässig, sondern nothwendig ist. In Compositions-
versuchen wird er hierin das Richtige nicht so leicht ver-
fehlen, hier leitet ihn das richtige Gefühl und die Gewohnheit

des oft Gehörten. Aber bei der Behandlung eines gegebenen Cantus firmus, zu welchem die Harmonie erst gefunden und die Stimme melodisch disponirt werden soll, stellt sich diese Quartsextlage zuweilen unerwünscht ein. So wird er leicht der zweiten Leiterstufe zugetheilt,

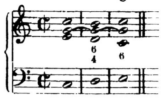

wo er, wiewohl die Quart gebunden ist und die Stimmen auf's Natürlichste fortschreiten, doch ganz unzulässig bleibt, indem er die Folge:

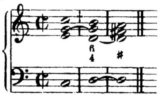

anregt und damit das Tonartsgefühl unsicher macht. An dieser Stelle ist die Zuziehung des Unterdominantgrundtones als Terz, Quint oder Septime

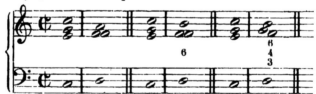

nöthig, die begrenzte Tonart fühlen zu lassen, die durch die Oberdominantquint, den harmonisch höchsten Ton, als unterster Stimme, durch die Quartsextlage des Oberdominantdreiklanges das Uebergewicht nach dieser Seite bekommt.

Dagegen würde der Quartsextaccord auf der Dominant selbst, wenn er sich im Verlauf der als Bass gesetzten Tonleiter auf gleiche Weise wie der obige einführt, ganz gut zu dulden sein:

Diese Accordlage wird nicht aufhören, dem Harmonielehrer manches Unbehagen zu veranlassen. Alle Regel-
ertheilung und wörtliche Befolgung derselben wird immer
noch Ungehöriges genug geschehen lassen können. Schon
dass der Harmonielehrer so oft von Anderen zu Rathe ge-
zogen wird über die zu gebenden Vorschriften für den richtigen Gebrauch des Quartsextaccordes ist ein Zeichen der
hier oft sich einstellenden Bedenklichkeiten. Es macht Jeder
die Erfahrung, dass die Schüler, wenn sie zuerst aus der
unbewussten Gefühlsharmonie getreten sind, die sich ihnen
in compacten Accorden, nicht in stimmengegliederten dar-
bietet, oder wenn sie dieser Harmonie gegenüber auch den
Stimmengang im Auge haben, bis sie mit diesem wieder zu
der harmonischen Einheit gelangt sind : die Folge von Zusammenklängen zugleich als einen Zusammenklang von
Folgen zu fühlen und zu denken, — dass sie mit dem Ge-
brauche dieser Accordlage am meisten in Unsicherheit
bleiben.

Der Lehrer wird etwas Besseres wohl nicht thun können
als, nachdem er die Regeln gegeben, die nicht überall aus-
reichen, beim Einzelfall das Allgemeine für die Zulässigkeit oder Unzulässigkeit dieses Accordes, so gut er es vermag, zu erläutern. Unsere heutige Schlusscadenz führt
bekanntlich über den Quartsextaccord; man würde etwas
entschieden Unrichtiges setzen, wollte man ihn an dieser
Stelle mit einer andern Accordlage vertauschen. Sie hat
eine dieser Formen:

In der letzten ist die Quart nicht vorbereitet, wie es die
Regel wollte, und der Basston ist es ebensowenig; sie ist
aber der durchgängig gebrauchte Schluss der italienischen
Opernmusik.

Allerdings in der Regel mit Auslassung einer Mittelstimme,
die zur Oberstimme Quartfortschreitung und in Verdoppe-
lungen Quintfortschreitung geben würde.

Hier wird das secundweise Eintreten des Basstones, der
den Quartsextaccord erhält, zur Bedingung gemacht. Es
könnte die unmittelbare Folge aber auch so stehen:

wo der Bass sprungweis in den Quartsextaccord tritt. Nicht
aber wird der folgende Gang:

zulässig erscheinen können. Bei jenem führt die melodische
Fortschreitung des aufsteigenden Basses D . . G durch e und
F, bei diesem führt der herabgehende Quintschritt durch
C, h, a und wir hören etwas dem Gange

Aehnliches. Die Octav des Basses mit der Mittelstimme nicht gerechnet, erscheint eine Aufeinanderfolge von zwei Quartsextaccorden. Der Quartsextaccord aber wird immer nur als überleitender aus einer der beiden allgemeingültigen: $\frac{5}{3}$, $\frac{6}{3}$, in die andere stehen können, kann also nicht von einem Quartsextaccord herkommen oder in einen andern führen. Auch gegen diesen Ausspruch, dass mehrere Quartsextaccorde nicht nach einander kommen können, werden sich einzelne Fälle finden lassen, nicht in Schülerarbeiten, sondern in Meisterwerken, regelwidrig und wohlklingend: das Gesetzliche in der Regel werfen sie nicht um.

Die Bassstimme ist nicht wie jede der übrigen, die mit ihr zur Harmonie sich verbinden, eine Stimme unter Stimmen. Jene können versetzt werden, die Accordwirkung wird dieselbe bleiben. Eine andere tiefste Stimme zu denselben Accorden verändert sie wesentlich. So wird auch die Accordlage allein nach den Basstönen benannt, gleichgültig gegen die Disposition der übrigen Stimmen.

Die Ausdrücke h o c h und t i e f, die wir in absolutem und relativem Sinne für die Verschiedenheit der Tonlage gebrauchen, sind in ihrem Unterschiede nicht willkürlich oder zufällig gewählt; wie auch die Bezeichnung oder Stellung der Töne auf den Notenlinien dieser Bezeichnung entspricht, in unserer heutigen Schrift sowohl als in der früheren Tabulatur. Die Höhe des Tones beruht auf der Spannung des tongebenden Materials, es ist die grössere K r a f t, was den Ton nach unserem Ausdruck erhöht, sonach ist es die grössere L a s t oder S c h w e r e, was ihn vertieft. Das Schwere aber ist unten, das Leichte oben, wie das Dunkle in der Tiefe, das Lichte in der Höhe. So ist es dem natürlich richtigen Gefühle gemäss, dass wir den Accord auf dem untersten Tone ruhend betrachten, auch wo dieser nicht Grundton des Dreiklanges oder Septimenaccordes ist. Die Umwandlung der Harmonie kann durch

Oberstimmen geschehen, der neuentstandene Accord wird
aber sogleich wieder den tiefsten Ton als seine Stütze in
Anspruch nehmen, so dass wir die Intervalle von unten
hinauf zählen und benennen: den Dreiklang, jenachdem er
Grundton, Terz oder Quint zum Bass hat, als $\frac{5}{3}$, $\frac{6}{3}$, $\frac{6}{4}$, den
Septimenaccord nach der Lage des Basses als $\frac{7}{\frac{5}{3}}$, $\frac{6}{\frac{5}{3}}$, $\frac{6}{\frac{4}{3}}$, $\frac{6}{\frac{4}{2}}$,
und hier ist's eben, wo die erste Dreiklangslage, welche auf
dem Grundtone ruht, und die zweite, auf der Terz ruhende
eine Selbstständigkeit oder Bestandesfähigkeit zeigen, welche der Lage mangelt, die auf die Quint basirt ist. Ebenso
ist die Anwendung der auf der Quint basirten $\frac{6}{\frac{4}{3}}$ Lage des
Septimenaccordes manchen Bedingungen unterworfen, von
denen die übrigen Versetzungen nicht gebunden sind.
Ueberall äussert die Quint des Dreiklanges ihre Zweiheits-
natur, die in eignem innern Zwiespalt nicht geeignet ist
Ausgang und Stütze zu sein.

Wenn der Dreiklang seiner Benennung gemäss nur in
drei Stimmen besteht, indem er mit Grundton, Terz und
Quint vollständig ist, so wird eine Folge von Dreiklängen,
eben wegen des Vorkommens des Quartsextaccordes, doch
bald eine vierte Stimme nothwendig machen, wenn die
Harmonie zu melodischer Stimmführung eine durchaus zulässige Basirung erhalten soll. Es lassen sich allerdings
auch vortreffliche dreistimmige Sätze herstellen, dann ist
aber die Harmonie eine in Rücksicht dieser Stimmenzahl
besonders gewählte und wird das vermeiden, was einer
vierten Stimme bedarf. Bei einer Stimmführung, wie sie
die vermittelte Accordverbindung aus den drei Tönen des
Dreiklanges sich fortbilden lässt, wird oft die Quint zur
tiefsten Stimme werden, Basis oder Bass kann aber die
Quint nur in bedingten Fällen sein; an solchen Stellen
nun, wo sie nicht Bass sein kann, wo die Quartsextlage
nicht statthaft ist, wird dieser Lage eine andere Stimme

unterzulegen sein, mit dem Grundtone oder der Terz des Dreiklanges. Diese Stimme verlangt aber ihren Fortgang und melodischen Zusammenhang gleich den übrigen, sie kann nicht allein bei den der Stütze bedürftigen Accorden eintreten und dann wieder schweigen; und so wird der Satz ein vierstimmiger schon in der Dreiklangsverbindung, von dem vierstimmigen Septimenaccorde noch abgesehen.

Bei den obigen Dreiklangsfolgen aus dem tonischen in einen verminderten, aus diesem in den tonischen Dreiklang zurück:

bewegt die erste sich abwärts durch zwei Quartsextaccorde, die zweite aufwärts durch zwei Terzsextaccorde. Diese letztere bedarf einer vierten basirenden Stimme nicht, sie giebt auch in ihrer Dreistimmigkeit einen befriedigend harmonischen Satz. Der ersten aber fehlt im zweiten und dritten Accord die Basis, sie kann den Hinzutritt einer Bassstimme nicht entbehren. Der zweite Accord verlangt *D* oder *F*, der dritte *C* oder *e* zur tiefsten Stimme. Um mit seiner Melodie nicht mit andern Stimmen gleiche Fortschreitung zu erhalten, wird der Bass den folgenden Gang nehmen:

Dissonanz.

Wie vom Anfange nur von drei Intervallen, Octav, Quint und Terz, die Rede gewesen ist, wie auch in der

Tonleiter jede Stufe immer nur in einer dieser drei Bedeu-
tungen sich ergab, nämlich:

$$\begin{array}{ccccccc} I & V & III & I & V & III & I \\ C & D & e & F & G & a & h & C \\ & & & I & V & III & \end{array}$$

so können auch Töne anderer Harmonien als des Dreiklanges nur in dieser Intervallenbedeutung ihre Bestimmtheit haben, denn eine andere giebt es eben nicht. Deshalb
wird es aber nicht weniger nöthig sein, die Intervalle auch
nach ihrer blos äusserlichen Entfernung und der in dieser
Hinsicht ihnen zukommenden Benennung zu erkennen.

Die Secund kommt vor als klein, gross und übermässig;
die Terz als vermindert, klein und gross; die Quart als vermindert, rein und übermässig; die Quint als vermindert,
rein und übermässig; die Sext als klein, gross und übermässig; die Septime als vermindert, klein und gross.

Es sind aber doch immer nur Dreiklangstöne, die zu
solchen Intervallen zusammentreten, nur dass diese Töne
dann, wenn sie andere Intervalle bilden, als die des Dreiklanges, des Dur- und Mollaccordes, nicht mehr einem und
demselben Dreiklange, sondern verschiedenen angehören.
Wir haben auch schon solche Dreiklänge kennen gelernt,
die nicht aus sich zusammenschliessenden Tönen bestehen;
es sind die im Durtonartsystem auf der zweiten und siebenten, in der Molltonart auf eben diesen und auf der dritten Stufe bestehenden Accorde, die nur unter die Dreiklänge zu zählen sind, indem sie aus drei Tönen bestehen,
sodann aber allerdings auch eine relative Dreiklangsberech-
tigung an ihrer Stelle haben als Dissonanzdreiklänge. So
sind die Accorde h D/F, D/F a, D/F as, es G h. Die ersten,

h D/F, D/F a, D/F as, enthalten nur die Intervalle *h–D, F–a, F–as* aus dem Dreiklange, es fehlt ihnen die Quint. Der letzte, der Dreiklang der dritten Stufe des Molltonartsystems, hat zwei grosse Terzintervalle *Es–G* und *G–h*, sie gehen beide in entgegengesetzter Richtung vom mittelsten Tone aus.

Alle diese Zusammenklänge sind aber nicht das, was man wesentlich unter »Dissonanz« begreift. Dissonanz ist die S e c u n d; der Zusammenklang zweier Töne, die zur Fortschreitung, zum Uebergang in der Scalenbewegung bestimmt sind. Der Schritt *C–D* ist, wie wir an der Tonleiter gesehen haben, durch die Umwandlung des Quinttons *G* in die Grundtonbedeutung bestimmt.

Das Zusammenklingen der beiden Töne *C* und *D* in der *C*-Dur- oder *C*-Molltonart würde den Ton *G* gleichzeitig als Quint und als Grundton erscheinen lassen, und dieser Widerspruch, der jetzt im Tone *G* besteht, ist die Bedeutung, das Verständniss der Dissonanz des Secundintervalles *C–D*:

Diese Erklärung wird vielfachen Modificationen unterliegen bei so verschiedenen Vorkommenheiten der Dissonanzerscheinung, wir wollen hier nur gleich die Dissonanz der übermässigen Secund, z. B. *F–gis*, nennen, deren Töne melodisch in einander überzugehen keineswegs bestimmt sind; das Eine aber kommt dem Wesen und dem Verständniss der Dissonanz in allen Fällen zu: dass ein zu beiden Dissonanztönen in Bezug stehendes Drittes durch sie in sich verschieden bestimmt ist und dadurch in Widerspruch mit sich selbst tritt, der aufgehoben, aufgelöst zu sein begehrt.

Die Dissonanz kommt in zwei hauptsächlich zu unterscheidenden Arten vor: als V o r h a l t und im S e p t i m e n - a c c o r d; der Vorhalt auch am Septimenaccorde selbst.

Vorhalt.

Der Vorhalt im Dreiklange oder Septimenaccord ist eine
Dissonanz, die sich auflöst oder auflösen kann, ohne dass
die Grundharmonie des Accordes verändert wird. Für ihn
gilt auch die vorher gegebene Dissonanzerklärung in jedem
Falle. Das dissonante Intervall erregt einen Widerspruch
in einem zum Accord gehörigen Tone. Wir wollen es vor-
läufig als nothwendige Bedingung voraussetzen, dass die
Vorhaltsdissonanz im untern Secundtone vorbereitet sein
muss, dass dieser Ton, bevor der darüberliegende dissonant
zu ihm tritt, als Dreiklangston oder als Septime einem Accorde angehört habe; ebenso sei hier vorangeschickt, dass
die Vorhaltsdissonanz auf einem »guten«, accentuirten Tacttheil zu stehen kommt, die Vorbereitung sonach auf dem
vorangegangenen, die Auflösung auf dem nachfolgenden,
metrisch accentlosen.

Im Dreiklange kann vor der Terz und vor dem Grundtone ein als Secund überliegender, oder als Septime unter-
liegender Ton den Vorhalt entstehen lassen. Die Quart als
Vorhalt der Terz wird dissonant gegen die Quint. Im
C–Durdreiklange

Der Vorhalt vor dem Grundtone des Dreiklanges dissonirt
gegen die Terz:

Die Sext kann im Dreiklange vor der Quint nicht zum Vorhalt werden, da sie mit keinem der Dreiklangstöne dissonirt. Im *G*–Duraccorde z. B.

Erst im Septimenaccorde wird der Sextvorhalt zur Dissonanz, — und zwar eben gegen die Septime.

Dass aber vom dissonirenden Secundintervall der **untere** Ton liegen müsse, wie überhaupt zu jedem liegenden Ton der nächst höhere hinzutreten kann,

nicht aber in ebenso allgemeiner Anwendung zu dem oberen der untere treten könne:

das ist, wie es vom natürlichen Gefühl sogleich bestätigt wird, auch in seiner Natur und Gesetzmässigkeit zu erklären. Es wird aber diese Erklärung leichter zu begründen sein, wenn wir uns vorher mit dem Wesen des Septimenaccordes werden bekannt gemacht haben.

Die Auflösung der Vorhaltsdissonanz geschieht allezeit gegen den später eintretenden höhern Secundton eine Stufe abwärts. So ist es die praktische Regel. Der Grund dieser Regel ist leicht einzusehen. Bei dem Quartquintaccorde, den der Vorhalt vor der Terz erhält, z. B.

ist durch den Eintritt von *D* zu *G* der Dominantaccord bestimmt, zu dem vorbereitenden *C* war *G* Quint, durch das
dissonant mit *D* fortklingende *C* ist *G* Quint zu diesem,
Grundton zu *D*. *G* ist aus der einfachen Quintbedeutung
übergegangen in die Doppelbedeutung, Quint und Grundton
zu sein. Jetzt wird es nicht zu der ersten zurückgehen,
sondern in die neue übertreten wollen, das erste wäre be-
deutungsloser Rückschritt, nachdem der Fortschritt schon
angeregt war, daher die Auflösung der Doppelbedeutung
des *G* nicht diese sein wird:

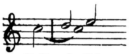

sondern die nach dem *G*-Durdreiklang völlig übertretende:

Bei der Vorhaltsdissonanz auf der nächsten Stufe *D e* ist
der Harmoniewechsel der entgegengesetzte:

Hier tritt *G* zuerst in der Grundtonsbedeutung auf, erhält durch das eintretende *e* die Quintbedeutung dazu und
wird nun in diese übergehen wollen:

Die Vorhaltsdissonanz ist allezeit die Doppelbestimmung
eines Tones zu Grundton und Quint. Wie die erste *C D* auf
G bezogen wurde, so könnte sie auch auf *F* bezogen werden, welches dann zu *C* erst Grundton ist, mit *D* Quint
(des verminderten Dreiklanges *h D F*) wird, indem es die
erste Bedeutung mit dem fortklingenden *C* noch behält und
dann durch die Auflösung nach *h* in die Quintbedeutung
völlig übertritt. Ebenso ist die Dissonanz *D e* auf *a* zu be-

ziehen, das in *D* Quint, in *D e* Quint und Grundton, in *C e* Grundton ist, bei dem Hinauftritt des *e* nach *F* aber wieder Quint werden würde, wie immer der Hinauftritt des obern Secundtones nur in die erste Bedeutung zurückführt, dem Fortschritt, dem Anderswerden, das die Folge verlangt, also nicht entsprechen wird, daher diese Auflösung nur unter besonderen Bedingungen richtig, ausser diesen aber falsch klingt. Andere Auflösungsarten kommen beim Septimenaccorde vor.

Septimenaccord.

Der Septimenaccord ist die Verbindung, das Zugleichbestehen von zwei ineinanderliegenden Dreiklängen. Er entsteht im Uebergange von einem zu dem andern, wenn der erste zum zweiten noch beibehalten wird, mit diesem noch fortklingt.

Der Uebergang aus dem *C* – Durdreiklange nach dem *a*–Molldreiklange geschieht, indem die Quint des ersteren nach dem Grundtone des zweiten secundweis hinauftritt: aus dem *C*–Durdreiklange nach dem *e*–Molldreiklange, indem der Grundton des ersten nach der Quint des zweiten herabtritt.

Im ersten Uebergange wird die liegende Terz (*e*) zur Quint, der liegende Grundton (*C*) zur Terz; in dem andern wird die liegende Terz (*e*) zum Grundton, die liegende Quint (*G*) zur Terz. An diesen beiden bleibenden Tönen, die zu etwas Anderem umgewandelt werden, ist das Verständniss des Ueberganges enthalten. Es kann auch eine Veränderung immer dann nur eine verständliche sein, wenn sie an einem Bleibenden vor sich geht, d. h. als Anderswerden desselben Dinges. An der Tonleiter ist es die Umwandlung

der Bedeutung eines Tones; im Accordübergange ist es die
Umwandlung eines Intervalles: *C e* ist im *C*–Durdreiklange
das untere, im *a*–Molldreiklange das obere grosse Terzintervall, *e G* im *C*–Durdreiklange das obere, im *e*–Molldreiklange das untere kleine Terzintervall. Im Zusammenklange zweier solcher engverbundener Dreiklänge wie *C e G*
und *a C e*, oder *C e G* und *e G h* wird also das gemeinschaftliche Intervall sich widersprechende Bedeutung erhalten.

Aus dem Uebergange des *C*–Duraccordes nach dem *a*-
Mollaccord mit Beibehaltung der Quint des ersten zum
Grundton des zweiten entsteht der *a*-Mollseptimenaccord
in der Quintsextlage:

Aus dem Uebergange des *C*–Duraccordes in den *e*–Mollaccord, unter gleicher Bedingung, der *C*–Durseptimenaccord
in der Secundquartsextlage:

Als Septimenaccorde in Grundgestalt würden beide in
den übereinandergebauten Dreiklängen, aus denen sie bestehen, sich darstellen:

In erster Entstehung gehen sie nur in den obigen beiden
Formen hervor. Die Töne, in deren Zusammenklang die
Dissonanz sich äussert, *a G* und *C h*, stehen in keinem directen Bezug zu einander, sie ertheilen nur dem dazwischen
liegenden Intervalle den Doppelsinn, bringen dasselbe zum
Widerspruch mit sich selbst, und dieser ist in seiner besonderen Bedeutung das Wesen der Dissonanz dieser Zusammenklänge. Solche Dissonanz, die Dissonanz des Septimenaccordes, die auf den inneren Widerspruch eines

Intervalles sich gründet, kann aber nicht wie die Vorhaltsdissonanz, die auf dem Widerspruch im einzelnen Tone
beruht, durch Fortbewegung einer Stimme sich auflösen.
Wenn wir im ersten der obigen Accorde G nach F, im zweiten h nach a wollen treten lassen, so entstände aus dieser
Lösung nur eine neue Dissonanz gegen eine der liegenden
Stimmen :

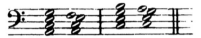

Auch diese Art Auflösung wird später zur Sprache kommen, zunächst haben wir diejenige Auflösung zu betrachten, welche zur Consonanz führt.

In den Dreiklängen C e G und a C e ist das Intervall C e
beiden gemeinschaftlich, dem ersten als unteres, dem zweiten als oberes Terzintervall angehörig :

Der Septimenaccord a C e G ist ein Verwachsensein dieser beiden Dreiklänge. Die Töne a und G haben darin keine
directe Accordbeziehung zu einander, sie haben nur eine
indirecte durch das Intervall C e, das sie aber in ihrem
Zusammenklange zu verschiedener Bedeutung bestimmen.
Zu G ist C Grundton, e Terz, zu a ist C Terz, e Quint. Das
ist zweifache Dissonanzbestimmung, die zugleich nicht auf-
zulösen ist. Im Vorhaltsaccord ist nur in e i n e m Tone eine
solche Doppelbestimmung gesetzt; diese ist löslich, indem
der eine oder andere Dissonanzton secundweis fortschreitet.
Zu dieser einfachen Doppelbestimmung muss es, um die
Lösung des Septimenaccordes herbeizuführen, zunächst
hier auch kommen. In a C e G ist a Grundton, G ist Quint,
jedes bezieht sich aber auf ein Anderes. Wenn für das
Intervall C e der Ton D eintritt, so wird G Grundton und a
wird Quint zu ein und demselben, eben zu diesem D :

Durch diesen Zwischenton *D*, der für das Intervall *C e*
eingetreten, ist der Septimenaccord *a C e G* zum Vorhaltsaccord *a D G* geworden, der durch die Fortbewegung e i n e s
Tones sich zum Dreiklange auflösen kann, ohne dass der
zweifach bestimmte, in sich dissonante Ton selbst zu weichen genöthigt wird. *D* ist Grundton und Quint. Er kann
die eine der beiden Bestimmungen aufgeben, er kann Quint
oder Grundton allein werden, er kann auch anstatt Grundton oder Quint T e r z werden.

Die Auflösung des Vorhaltes kann aber mit dem Eintritte des für das Mittelintervall gesetzten Tones zugleich
geschehen :

Im ersten dieser drei Fälle ist *D* G r u n d t o n geworden,
im zweiten Q u i n t, im dritten T e r z. Auch hier, bei der
Auflösung des Septimenaccordes, nachdem er in den Vorhaltsaccord übergegangen war, bleibt für den zwischen das
Septimenintervall eintretenden Ton, der die Doppelbestimmung zu Grundton und Quint enthält, das Bestreben vor-
waltend, die Grundtonsbedeutung zu behaupten, wiewohl
er bei seinem Eintritt beide Bestimmungen zugleich auf-
nimmt, sie nicht, wie im Vorhalt, nach einander erhält.
Hier ist's der Ton *a*, da er im Septimenaccorde Grundton
war, der nun Quint werden will und damit *D* zum Grundton bestimmen muss. In der Septimenauflösung aber
eben dadurch, dass sie den Vorhaltsaccord mit beiden Dissonanztönen gleichzeitig entstehen lässt, ist, wenn der

Uebergang nicht bei der Vorhaltsharmonie aufgehalten wird, sondern sie durchgeht, die Forderung nicht so dringend, die beim Vorhaltsaccorde bestimmt gebotene Auflösung folgen zu lassen, wie wir von den zwei anderen Fortschreitungen sagen, die sich dem Gehör ganz eingänglich erweisen, wenn auch die erste am natürlichsten sich einstellt.

Die erste Forderung zu dieser Lösungsart ist immer die, dass für das Dissonanzintervall ein Dissonanzton eintrete, der sich dann zu einem der drei Dreiklangsmomente bestimmen kann.

Es ist hier, um eine bestimmtere Anschauung zu geben, ein bestimmter Accord, der A-Mollseptimenaccord, bezeichnet worden. Die Auflösungsform ist aber eine ganz allgemeine, und der Septimenaccord mit den obigen Auflösungen könnte ebensowohl ohne Schlüssel oder mit Vorzeichnung aller Schlüssel gesetzt werden:

Die Auflösungen haben auf jeder Stufe der Leiter dieselbe Gültigkeit; demnach würde die erste und die dritte auch in fortgesetzter Folge zu setzen sein:

Der zweiten fehlt die Vorbereitung der Septime. Solcher Folge verketteter Septimenaccorde soll jetzt hier nur beiläufig gedacht sein.

Der Septimenaccord ist nie etwas Anderes, als die Verbindung zweier Dreiklänge mit gemeinschaftlichem Terzintervall. Man wird sich hüten müssen, ihn als Dreiklang mit hinzugefügter Septime sich zu denken; die natürliche

Entstehungsart des Accordes, der Uebergang aus einem
Dreiklange in einen der nächstverwandten, das Fortklingen
des ersten zu dem zweiten, lassen ihn nicht anders, denn
als Dreiklangsverbindung erkennen. Auch der Dominantseptimenaccord *G h D/F* hat seine Natur in der Verbindung
der Dreiklänge *G h D* und *h D/F*. Der verminderte Dreiklang, wenngleich dissonant, hat seine Nothwendigkeit im
Tonartsystem, und an seiner Stelle die volle Berechtigung,
in der Dreiklangsreihe mit aufzutreten. *h–F* hat hier Quintbedeutung, wie *D–a* im andern verminderten Dreiklange
D/F a und wie sie *D–as* im Dreiklang gleicher Stelle des
Molltonartsystemes hat.

Wie aber die Dreiklangsfortschreitung in drei verschiedenen Arten oder Ordnungen zu betrachten war, so muss
auch die Formation der Septimenaccorde, die auf jene sich
gründet, dreifach verschieden hervorgehen.

Der Dreiklang schreitet zuerst in den nächstliegenden
fort: der tonische in einen der Mollaccorde:

Die aus dieser Folge entstehende Septimenformation ist
oben gezeigt, sie hat diese Gestalt:

sodann geht der tonische Dreiklang in einen der Dominantaccorde:

Es ist uns schon bekannt, dass dieser Uebergang nicht
ein unmittelbarer ist: nach dem Unterdominantdreiklang

F a C führt er durch den *a*-Molldreiklang, nach dem Oberdominantdreiklang *G h D* führt er durch den *e*-Molldreiklang:

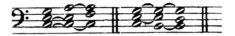

Die Septimenformation kann immer nur Verbindung
zweier durch ein Terzintervall verwandter Dreiklänge sein,
sie kann nur die unmittelbare Folge zusammenhalten, das
Nächstvergangene mit dem Gegenwärtigen. Ein Septimenaccord, der aus dem Uebergange des tonischen in einen
der Dominantdreiklänge entstanden sein soll, wird also
nicht den tonischen mit dem Dominantaccord verbunden
enthalten, sondern die Verbindung des Uebergangsdrei-
klanges mit dem Dominantdreiklang. Ein unmittelbar ge-
setzter Uebergang aus *C e G* nach *F a C* und aus *C e G* nach
G h D zum Septimenaccord zusammengehalten, würde in
den folgenden Zusammenklängen sich vernehmen lassen:

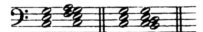

die als Discordanz die Unwahrheit des Processes sogleich zu
Gehör bringen.

Der durch die Mollaccorde vermittelte Uebergang aus
C e G (nach *F a C* und nach *G h D*) fasst den Mollaccord mit
dem Dominantaccord zusammen:

Der erste Uebergang *C e G . . . F a C* lässt den Septimenaccord *F a C e*, der andere *C e G . . . G h D* den Septimenaccord *e G h D* entstehen, d. h. jener den Zusammenklang
des *F*-Dur- und *a*-Molldreiklanges, letzterer den Zusammenklang des *e*-Moll- und *G*-Durdreiklanges, beide in der
Terzquartsextlage.

Die Septimenformation beim Uebergange in einen un-
verbundnen Dreiklang *C e G . . D/F a*, *C e G . . h D/F* kann
auf zwei Weisen geschehen.

Der Dreiklangsübergang ist früher gezeigt worden (p. 40),
er ergab sich in dieser Form:

          C. D°.   C. h°

und die Septimenformation würde durch die Beibehaltung
des Zwischenaccordes auf diese Weise geschehen:

          C . . D°₇   C . . G₇

Für den *C*-Durdreiklang stellt sich der *a*-Molldreiklang,
dieser geht zu dem *F*-Durdreiklang, aus diesem zu dem
verminderten *D/F a* mit Beibehaltung des *F*-Durdreiklanges:
ausführlich in Notenschrift:

Nach dem obern verminderten Dreiklang *h D/F* führt
der für den *C*-Durdreiklang gesetzte *e*-Molldreiklang zunächst in den *G*-Durdreiklang, dieser in den verminderten
h D F, indem er zu diesem fortbesteht; ausführlich in Notenschrift:

Es ist aber, da der letzte Accord noch einen Ton des Aus-
gangsdreiklanges enthält (in der ersten Folge *C e G . . D/F a C*
das durchgängig bleibende *C*, in der zweiten *C e G . . G h D F*
das durchgängig bleibende *G*), hier auch noch eine andere,
eine schrittweise Succession möglich, die durch zwischenliegende Dreiklänge führt, ohne einen die getrennten Accorde vermittelnden von vornherein zu setzen, wie es beim
ersten Uebergang mit dem *a*-Mollaccorde, beim zweiten mit
dem *e*-Mollaccorde geschieht. Nämlich die Fortschreitung

Diese Fortschreitung und Accordbildung erscheint in der letzten Folge $F .. D^0_7$ und der dazu gehörigen Stimmenbewegung von C nach D ganz richtig. In Bezug auf die Dreiklangslage des ersten Accordes darf aber der Grundton D des letzten nicht aus C fortgeschritten sein, man würde sonst zwei Dreiklangslagen in paralleler Folge hören. Davon, oder von etwas quinthafter Folge ist aber hier doch Nichts zu empfinden. Der Grundton D wird demnach, da man in dem Gange $C e G .. C D/F a$ eine Quintfolge nicht hört, nicht aus dem C, er wird aus der Terz e melodisch herzuleiten sein müssen:

Diese richtig klingende Folge setzt also zu dem vorletzten Accorde eine Septime voraus. Wir kennen aber schon die Septimenformation des Ueberganges nach den Dominantdreiklängen

und eine solche, hier die erste dieser beiden, nach welcher bei weiterer Folge e nach D fortschreitet, hat sich hier gebildet, wenn wir den Eintritt des letzten Accordes ohne Quintfolge hören.

Es kommt öfter vor, dass eine Accordfolge, die auf dem Papier fehlerhaft scheint, im Klange etwas Verletzendes nicht hat. Dies ist der Fall, wenn das Gehör der scheinbar fehlerhaften Fortschreitung eine richtige Deutung geben · kann. So klingt die Harmonie

auf dem Clavier nicht quinthaft oder falsch, wiewohl sie dem Auge eine offenbare Quintfolge in der Oberstimme bietet. Das Ohr kann sie aber in dem Sinne hören, dass der Ton *G* nach *C*, *e* nach *F* fortgeschritten ist,

und damit klingt sie correct, wenigstens von offenbaren Quinten frei. Im ersten Gange bleibt noch eine verdeckte Octav mit der Oberstimme, im zweiten eine verdeckte Quint mit der Mittelstimme zu überwinden. Der ganz correcte Gang würde *G* nach *a* fortschreiten lassen,

was für den Accordklang wieder weniger günstig wäre.

Der Fortschritt nach dem verminderten Dreiklange der Oberdominantseite, $C e G .. h D/F$ lässt ähnliche Septimenformation nicht zu, wie jener nach dem verminderten Dreiklang der Unterdominantseite; wenn auch die nachstehende Folge

in dem Resultat $C e G .. h D F G$ ganz richtig lautet, so dürfen wir nur versuchen, sie von einer andern Stufe ausgehen zu lassen, z. B.

und man wird die Quintfortschreitung in dem Nebeneinanderstehen des ersten und letzten Dreiklanges sogleich als fehlerhafte hören. Die erste Septimenbildung $C .. D \,^0_7$ können wir auf jeder Stufe wiederholen, sie bleibt richtig, sie hat ihre Richtigkeit in der durchaus folgegemässen Fortbil-

dung. Bei der letzteren können wir nicht annehmen, dass
eine Vermittlung durch Septimenaccorde geschähe:

was in den zwei letzten Accorden ein unstatthaftes Herantreten der Septime an den Grundton enthält, wie dieses
von der ersten Stufe ausgehend *C e G . . h D F G* eben eine
Septime trifft, die auf diese Weise eintreten kann, nämlich
die Dominantseptime. So wird die Folge an dieser Stelle
eine richtige; an andern Stellen aber ist sie es nicht, und
die Art der Formation ist keine allgemein gültige, wie es die
nach den unterhalb liegenden unverbundenen Dreiklängen
von jeder Stufe ausgehende ist. Ueberall werden wir der
Wahrnehmung begegnen, dass eine Folge nach der Oberdominantseite in Bezug auf die Septimenformation Bedingungen hat, denen eine fortgesetzte Reihe nach der Unterdominantseite nicht unterworfen ist. Der Grund ist aber
eben jener, dass zu einem liegenden Tone der secundweis
darüberliegende überall eintreten kann, nicht aber der dar-
unterliegende, dieser wird unbedingt nur aus derselben
Stimme nachschlagend folgen können.

Unbedingt.   Bedingt.   Unbedingt.

Zu einem liegenden Tone ist der darüber anschlagende
ein **Grundton**, der liegende gegen ihn ein **Quintton**.
Der obere ein positiv gültiger, der untere ein relativer. So
ist's entschieden in den Septimenaccorden des geschlossenen Tonartsystemes.

Fa Ce Gh D

FaCe, aCeG, CeGh, eGhD,

Der untere Ton ist allezeit Grundton des unteren, der
obere (die Septime) Quint des obern Dreiklanges.

Wo zwei Töne zusammentreten, die nicht zu einem
Dreiklange gehören, da wird ihre gegenseitige Beziehung in
der nächsten Accordcombination zu suchen sein. Und hier
sind es nicht die wirklichen Dreiklänge des geschlossenen
Tonartsystemes allein, welche die Verwandtschaft dissonanter
Secund– oder Septimentöne verständigen, die verminderten
Dreiklänge treten dazu in ganz gleiche Rechte mit den Dur–
und Molldreiklängen; denn sie haben an der Stelle, wo sie
stehen, eben in ihrer Dissonanz die Consonanz, den Zusammenklang der Grenzen des Tonartsystemes, die in D/F
in der C–Dur– und Molltonart verbunden erscheinen und
damit das Tonartsystem eben als ein Abgeschlossenes darstellen und empfinden lassen. Mit dem Intervall D/F, wenn
es durch Umgebung, namentlich durch h oder Gh, unzweideutig gemacht wird, dass wir es nicht mit dF verwechseln
und dem B–Dur– oder d–Molldreiklange zuschreiben können,
ist entschieden die C–Dur– oder C–Molltonart festgesetzt; in
keinem anderen System als $FaCeGhD$ oder $FasCesGhD$
kommen die Töne D und F zusammen. Die Dreiklangs-
beziehung zweier Dissonanztöne stellt sich zwar auch nach
der andern Seite, als der vorbezeichneten, dar, wo sie als
Septime zu einander sich verhalten, nämlich in einer Accordbildung nach der Oberdominantseite; wenn die Töne e
und F dort sich in der Combination des F–Durdreiklanges
und des A–Molldreiklanges zusammenfinden, so würden
sie auch in der Weiterbildung

$$e\,\widehat{G\,h}\,\underbrace{D\,F}$$

zusammentreten, und zwar erscheint entgegengesetzt der
vorigen Stellung hier der Ton e als Grundton, F als Quint.
Die Dreiklänge eGh und hDF haben aber nicht unmittel-

bare Verbindung, wie sich aus dem Uebergange aus dem
einen in den andern Accord ergeben würde,

wo im ersten der melodische Uebergang.nicht *e–F*, sondern
G . . F; im zweiten nicht *F . . e*, sondern *D . . e* ist; aus keinem von beiden also die Dissonanz *e F* entstehen würde,
wie sie aus der Combination *F a C e* und dem melodischen
Uebertritt aus dem *F*-Dur- nach dem *a*-Molldreiklang oder
umgekehrt aus dem letzteren nach dem ersteren entsteht.
In dem Zusammenklange *e F* ist also nothwendig ein Quintton zu einem Grundtone klingend zu vernehmen und zwar
der untere Secundton als Quint-, der obere als Grundton.
So aber ist, wie dieser, auch jeder andere Secundzusam-
menklang in seinem nächsten Bezug auf das Tonartsystem,
dem er angehört, beschaffen, er geht aus einer Dreiklangs-
generation in der Art hervor, in welcher der obere Secundton Grundton eines Dreiklanges, der untere Quint des ihm
nächstverbunden überliegenden ist und zwar so, dass nicht
nur die oben verzeichneten vier Septimenformationen *F a
C e, a C e G, C e G h, e G h D*, sondern auch die nach der
Unterdominantseite übergreifenden *G h D/F, h D/F a, D/F a C*
in gleichem Sinne das Verhalten zweier neben einander
liegender Dissonanztöne enthalten und ausdrücken.

Auf das hier Gesagte begründet und daraus erklärlich
können wir zu jedem liegenden Einzeltone den secundweis
darüber liegenden frei und auf guter Zeit anschlagen, er
wird seinen dissonanten Eintritt immer rechtfertigen können. Was gegen diese Erklärung Einwendung erregen
könnte, ist vielleicht das, dass zu einem solchen Dissonanz-
intervalle oft andre Töne treten als diejenigen, die es zu
dem Septimenaccorde bestimmen, aus welchem ihr Zusam-

menklang erklärt werden soll.   Die Töne des Tonartsyste-
.mes behalten aber immer die Bedeutung ihrer tonartlichen
Herkunft, ihrer accordlichen Entstehung, wenn sie auch in
anderen Accorden verwendet werden, vorausgesetzt in Accorden derselben Tonart.   Die durch *G* vermittelte Scalenfortschreitung *C D e* besteht in der Folge des tonischen
Grundtones, der Oberdominantquint und der tonischen
Terz.   Diese Töne werden keine anderen, wenn ich sie mit
den Accorden *a C e*, *D/F a C*, *C e G* begleiten will.

Dass *C* auch die Bedeutung der *A*–Mollterz, *D* auch die
Bedeutung des Grundtones im Septimenaccorde *D/F a C* hat,
hebt die erste Bedeutung für jenes, tonischer Grundton,
für *D*, Oberdominantquint zu sein, nicht auf; denn in der
letzteren haben die Töne ihre Generation, ihre tonartliche
Existenz.   *C* ist tonischer Grundton, *D* Oberdominantquint,
e tonische Terz, *F* Unterdominantgrundton, *G* tonische
Quint, *a* Unterdominantterz, *h* Oberdominantterz.   *C* kann
dann Quint werden und Terz : *F a C*, *A C e*; *D* kann Grundton und Terz werden : *D/F a*, *h D/F*; *e* Grundton und Quint:
e G h, *a C e*; *F* Quint und Terz: *h D/F*, *D/F a*; *G* Grundton
und Terz: *G h D*, *e G h*; *a* Grundton und Quint: *a C e*, *D/F a*;
h Grundton und Quint: *h D F*, *e G h*.   Die erste Bedeutung
aber ist immer die tonartlich–eigentliche, aus welcher die
Töne andere erst annehmen können.   Man hört also, der
tonartlichen Bedeutung nach, den Accord *G h D/F* als den
Oberdominantdreiklang *G h D* mit der Unterdominant *F*;
den Accord *h D/F a* als Terz und Quint des Oberdominantdreiklanges mit Grundton und Terz des Unterdominantdreiklanges, den Accord *D/F a C* als Oberdominantquint mit
dem Unterdominantdreiklange.   Das ist ihr materialer, ihr
stofflicher Inhalt; so können die Accorde zersetzt werden,

sie sind aber so nicht zusammenzusetzen. Die Chemie zerlegt Fleisch und Blut in die Elementarbestandtheile und giebt uns deren genaue Verhältnisse an, sie kann aber aus diesen Stoffen nicht Fleisch und Blut herstellen, das thut nur der organische Process. So lässt sich auch nicht der Septimenaccord zusammensetzen, indem man zu einem Dreiklange eine Septime fügt; überhaupt steht der einzelne Ton zum Dreiklang in keinem Verhältniss: der Einheit des Dreiklanges steht nur die Einheit eines anderen Dreiklanges gegenüber, dem Dreiklange kann nur der Dreiklang sich verbinden, und zwar kann eine solche Verbindung, wie wir oben gesehen haben, nur unter Dreiklängen nächster Verwandtschaft geschehen: im Uebergange des einen in den andern, worin das bleibende, beiden Dreiklängen gemeinschaftliche Intervall eine zweifache — eine Dissonanzbedeutung erhält, die durch weiteren Fortgang zu lösen ist. In solchem Sinne sind aber eben nicht nur die Septimenaccorde zu fassen, welche aus zwei consonirenden Dreiklängen, einem Dur- und einem Mollaccorde, bestehen: $Fa\overarc{C}e$, $a\overarc{C}e\overarc{G}$, $Ce\overarc{G}h$, $e\overarc{G}hD$, sondern auch diejenigen, welche die Dominantgrenzen verbinden, solche, an denen die verminderten Dreiklänge Theil haben: GhD/F, hD/Fa, D/FaC, auch diese haben ihre Natur in dem Zusammenklange von zwei Dreiklängen:

$$h\,D/F \qquad D/F\,a \qquad F\,a\,C$$
$$G\,h\,D \qquad h\,D/F \qquad D/F\,a$$

Wenn sie diese allgemeine Eigenschaft des Septimenaccordes mit jenen theilen, so behalten sie doch auch wieder ihr Eigenthümliches. In dem aus zwei wirklichen Dreiklängen bestehenden Septimenaccorde ist die Basis ein Dreiklangsgrundton, die Septime eine Dreiklangsquint:

$$Fa\overarc{C}e, \quad a\overarc{C}e\overarc{G}, \quad Ce\overarc{G}h, \quad e\overarc{G}hD$$

In den Septimenaccorden, an welchen die verminderten
Dreiklänge Theil haben :

$$G\,h\,\widetilde{D/F}, \quad h\,\widetilde{D/F}\,a, \quad \widetilde{D/F}\,a\,C$$

ist im ersten Basis und Septime Dreiklangs g r u n d t o n ,
im zweiten Basis und Septime Dreiklangs t e r z , im dritten
Basis und Septime Dreiklangs q u i n t : *G—F*, *h—a*, *D—C* :
I — I   III—III   V—V
ihr Septimenintervall besteht in Accordtönen gleicher Art;
und zwar ist in dieser Septimenharmonie die Septime gegen
den Grundton der U n t e r d o m i n a n t s e i t e entnommen :
F ist gegen *G* ein Früheres, ebenso *a* gegen *h*, und *C* gegen
D. In den wirklichen Dreiklangs – Septimen – Harmonien
ist der Grundton gegen die Septime ein Früheres (nach der
harmonischen Generation) im Tonartsystem : *F* gegen *e*, *a*
gegen *G*, *C* gegen *h*, *e* gegen *D*. . Die Septime gehört, dem
Grundtone gegenüber, der O b e r dominantseite an.

Die unter allen Umständen zulässige Form des Dissonanzeintrittes für zwei Secund–bildende Töne, nämlich dass
zu dem liegenden unteren der obere in guter Zeit angeschlagen werden kann , ist natürlich auch bei den Septimenaccorden der Dominantverbindung eine berechtigte,
denn diese Septimenaccorde stehen als solche in der Reihe
der übrigen und theilen das Allgemeine mit ihnen, sie sind
Dreiklangsverbindung mit gemeinschaftlichem mittleren
Intervall, dann aber sind ihre Dreiklänge nicht selbststän-
dige, wie der Dur– und der Molldreiklang in den Septimenharmonien der geschlossenen Tonart, sie trennen sich in
ihre Bestandtheile aus Unter– und Oberdominant–Accord
und machen die Natur ihrer Töne geltend , als nicht verbundene, und damit sind sie wieder von den anderen Septimenaccorden verschieden. Der Septimenaccord *G h D F*
hat in seiner äusseren Dissonanz die beiden Dominant-
grundtöne ; *h D/F a* die beiden Dominantterzen ; *D F a C* die

beiden Dominantquinten. Hier ist ein Unterschied von Grundton und Quint in den Tönen des Septimenintervalles nicht vorhanden, es sind Accordtöne gleicher Qualität, die als Septime hier sich gegenüberstehen. Daher auch einer wie der andere früher oder später wird auftreten können, in Bezug auf einen von beiden schon liegenden, vorbereiteten sowohl als in der metrischen Stellung überhaupt in Bezug auf erste und zweite, gute und schlechte Zeit.

Und so finden wir auch in der praktischen Anwendung und im Gefühl der Richtigkeit derselben, dass die Septimenaccorde, an welche der Unterdominantgrundton und die Oberdominantquint in Zusammenklang treten (*D—F*), nämlich der Dominantseptimenaccord, der Septimenaccord der zweiten und der siebenten Stufe, Freiheiten der Behandlung zulassen, die bei den Septimenharmonien, die innerhalb des geschlossenen Systemes liegen, nicht gewährt sind. Vor Allem ist es von den drei Septimenaccorden mit Grenzverbindung der D o m i n a n t s e p t i m e n a c c o r d, in welchem unbedingt die Septime zu liegendem Grundtone frei anschlagen darf, der in allen Lagen auf erster oder zweiter metrischer Stelle vorkommen kann.

Das Vorstehende würde beim Septimenaccorde der ersten oder vierten Stufe, die gleich dem Dominantseptimenaccorde harten Dreiklang als unterliegenden, aber g r o s s e Septime haben, nicht gesetzt werden können.

Beim Septimenaccord der Oberdominantterz *h D/F a* treten Bedingungen ein, die einen gleich freien Hinzutritt der Septime zum Grundton, wie der Dominantseptimenaccord

ihn zulässt, in Etwas beschränken. Ebenso beim Septimenaccorde der Oberdominantquint *D/F a C.* Die Hin-
dernisse dieser Freiheit sind aber bei beiden Accorden verschiedener Art.

Im Septimenaccorde *h D/F a* wird der freie Eintritt der
Septime (*a*) zu liegendem Grundtone (*h*) immer unbedingt
geschehen können, wenn die Septime über den anderen
Stimmen zu stehen kommt, wenn sie höchste Stimme ist :

ebenso auch mit dem Eintritt der Septime auf der metrisch
ersten Zeit. Dabei ist die Lage der übrigen Stimmen in
allen Versetzungen ganz gleichgültig, nur soll diese Septime, wenn sie nicht vorbereitet ist, über den andern Stimmen liegen. Eine andere Lage der Septime wandelt den
Accord zu dem der zweiten Stufe der verwandten Molltonart um *H D f A* ; wenn wir die Lagen

und andere dieser Harmonie hören, in welchen *a* nicht
höchste Stimme ist, so erwarten wir eine Fortschreitung
in den *E* - Duraccord, nicht in den *C* - Duraccord ; diese
Lagen erregen das Gefühl der *a*-Molltonart. Der Grund
dieser Erscheinung liegt in der Secundlage der Töne *a* und
h, der beiden Dominantterzen. Eine Secundlage nimmt
die Bedeutung einer melodischen Fortschreitung an :
der Zusammenklang *a h* klingt wie die festgehaltene Folge
von *a* nach *h*. Nun wissen wir von der Tonleiter, dass
eben bei der Stelle des Schrittes aus *a* nach *h* eine Hem-
mung des Fortganges eintrat : auf die Unterdominantterz
konnte die Oberdominantterz vermittelt nicht folgen, weil
die beiden Dominantdreiklänge keine Vermittelung unter

sich haben, sie sind getrennte Accorde; a musste die Bedeutung des Grundtones zu e annehmen, worauf h als Quint
von e folgen.konnte. Dieser Vermittlung durch e ist aber
im Zusammenklange der Grenzen D/F eben widersprochen,
denn wo das Extreme sich verbindet, ist die wirkliche Einheitsmitte aufgehoben; der Septimenaccord $h\,D/F\,a$ ist der
vollkommne Widerspruch des Dreiklanges $C\,e\,G$. Dieser ist
die Mitte. des Systemes:

$$\overset{\frown}{Fa}\overset{\frown}{Ce}\overset{\frown}{Gh}D$$

jener die Mitte des Systemes:

$$(e)\;G\,h\,D/F\,a\,C\;(e)$$

von welchem die Einheitsmitte ausgeschlossen, wofür eine
Zweiheitsmitte eingetreten ist und damit ein entschiedenes
Trennungsprincip sich geltend gemacht hat.

In der Farbenerscheinung sagt man: Grün fordert
Roth, Violet fordert Gelb, Orange fordert Blau;
und ebenso entgegengesetzt. Die einfache Farbe fordert
die Verbindung der beiden ausgeschlossenen, eine Verbindung von zwei einfachen fordert die dritte einfache ausge-
schlossene. Die eine Farbe will sich in der andern ergän-
zen zum Farbenganzen. So auch im Zusammenklange von
Tönen, die immer nur als Accordtöne einer bestimmten
Tonart harmonisch verständlichen Sinn haben können. Der
Zusammenklang D/F als Verbindung der Grenzen fordert
die Mitte e: der Accord $h\,D/F\,a$ will einen Accord zur Folge,
der e enthält, und wird sich am verständlichsten lösen in
$C\,e\,G$, in dem, was von $h\,D/F\,a$ ausgeschlossen war. Wenn
aber e durch den Zusammenklang D/F erst gefordert wird,
kann es nicht schon gedient haben zur melodischen Vermittlung von a/h in einer Lage des Accordes $h\,D/F\,a$, welche
wie $D\,F\,a\,h$, $F\,a\,h\,D$, $a\,h\,D\,F$ diese Töne secundweis neben
einander liegend enthält. Wenn solche Accorde der a–Molltonart sich aneignen, so geschieht es, indem sie als $D\,f\,A\,H$,

f A H D, *A H D f* sich hören lassen, worin aber *D f* verschieden von *D/F* wirklich kleine Terz wird, und das Verhältniss von *D/F* jetzt zwischen *H/D* eintritt als dem Zusammenklange der Unter- und Oberdominant des *A*-Molllon-
artsystemes. In diesem Accord ist der melodische Schritt
A . . H auch durch *E* zu vermitteln; dem *E* ist aber durch
den Zusammenklang *D f* nicht widersprochen, wie es dem
e der *C*–Durtonart durch den Zusammenklang *D/F* geschieht.
Es wird also der Septimenaccord *h D/F a*, wie ihn die *C*–
Durtonart enthält, nur in den Lagen unzweideutig erscheinen können, in welchen über der Septime *a* kein Ton mehr
gelegen ist, auch nicht ein anderer als *h*, nicht *D* oder *F*;
denn die weiten oder sogenannt zerstreuten Lagen sind nur
unausgefüllt–enge. Das erfahren wir hier an der Wirkung
der Lagen

welche, eben wie die Lagen, welche das Secundintervall
a h enthalten, das Gefühl der *A* – Molltonart erregen, das
nur allein nicht erregt wird, wenn die Septime *a* höchste
Stimme ist.

    Wenn aber in diesem Septimenaccorde die Septime nicht
in allen Lagen unbedingt zu dem Grundtone treten kann,
wie im Dominantseptimenaccorde, so liegt der Grund eben
in der Zweideutigkeit der Harmonie selbst; wo dieser durch
die Lage bezeichnet ist, d. h., wo die Septime als höchste
Stimme erscheint, kann die Septime frei zu dem liegenden
Grundton treten:

    In der Molltonart, die an dieser Stelle den verminderten
Septimenaccord enthält: *h D/F as* in *C*-Moll, fällt die Be-
dingtheit der Intervallenlage ganz hinweg, denn wir können

die Secundlage *as—h* hören, ohne eine melodisch zu vermittelnde Folge darin zu verlangen, da *as* nur auf *G*, *h* nur
auf *C* melodischen Bezug hat. Daher der verminderte Septimenaccord in jeder Lage zusammentreten kann, wie der
Dominantseptimenaccord, aber auch der Vorbereitung in
einem der äusseren Dissonanztöne gar nicht einmal bedarf.
Der verminderte Septimenaccord kann direct aus dem tonischen Dreiklange hervorgehen, der Septimenaccord *h D/F as*
aus dem Dreiklange *C es G*, im Molldursystem aus *C e G*:

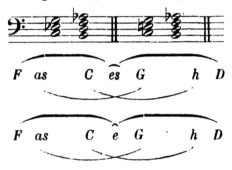

So kann aber auch der Septimenaccord gleicher Stelle
im Durtonartsystem ohne Vorbereitung der äusseren Dissonanztöne eintreten, wenn die Septime höchste Stimme ist,

eine Folge, die bei keinem andern Septimenaccorde in dieser Weise normal geschehen könnte, denn wir setzen nicht:

oder lassen solche Fortschreitung doch nicht als Regel gelten. Aber auch bei diesen Folgen werden die unvorberei-
teten Eintritte derjenigen Septimenaccorde, welche das Intervall der verbundenen Grenztöne (*D/F*) enthalten, immer
leichteren Eingang finden, als jene des geschlossenen Systemes, in denen die Basis ein Grundton, die Septime eine
Quint ist. Der Unterschied zwischen dem Terzton und

gleichnamigen Quinttone wird auch auf dem Clavier, wo
doch in der That reale Verschiedenheit solcher Töne nicht
besteht, fühlbar, wenn ihre Accordbedeutung im Zusammenklange bestimmt ist. Die Aufeinanderfolge von .

würde zweistimmig nur als Quintparallele vernommen werden und als solche fehlerhaft klingen; mit der Harmonie

sind die Quinten verschwunden, und ist mit denselben Noten für die fehlerhafte eine ganz wohlklingende Folge eingetreten, weil hier D als G–Durquint, a als F–Durterz deutlich entschieden ist und diese beiden Töne eben nicht im
Quintverhältniss zu einander stehen.

Ueber den dritten der hier betrachteten Septimenaccorde, den auf der Oberdominantquint: $D/Fa\,C$, ist noch
Einiges zu bemerken. Er ist im Durtonartsystem am meisten der Zweideutigkeit ausgesetzt, wie er auch auf der
Claviatur und in unserer Notenschrift dem D–Mollseptimen-
accord $dFa\,C$ vollkommen gleich erscheint. Er ist darum
von den drei Septimenaccorden

$$Gh\,DF, \quad hD\,Fa, \quad DFa\,C$$

des Dissonanzsystemes (e) $Gh\,DFa\,C$ (e) am wenigsten be-
theiligt an den Freiheiten des Dissonanzeintrittes. Wenn
das Intervall D/F an sich immer entschieden in seiner Natur verständlich wäre, so würde es, als Zusammenklang
der Tonartsgrenzen, das Gebiet der Tonart so deutlich bezeichnen, als es der Zusammenklang hD/F oder $Gh\,DF$
thut, das Intervall D/F wird aber erst mit h oder G ver-–

bunden unzweideutig seine Wirkung ausüben; durch einen
dieser beiden Töne oder durch beide wird D als Quint des
Dominantdreiklanges entschieden bezeichnet und von der
Terzverbindung mit F abgezogen, die es allerdings an sich
als D nicht haben kann, aber als das im Verhältniss 81 : 80
von ihm verschiedene D. Daher ist der freie Zutritt der
Septime zu dem Dreiklang $D/F a$ nicht unbedingt klar und
verständlich, wie er es bei den Septimenaccorden $Gh D F$
und $h D/F a$ ist. Den unbedingtesten Eintritt der Septime
zu liegendem Grundtone, auf erster oder zweiter Zeit, gestattet der Dominantseptimenaccord.

Es ist vorher der Auflösung des Septimenaccordes gedacht worden, da für das mittlere, die eigentliche Dissonanz
enthaltende Terz i n t e r v a l l ein Dissonanz t o n einzutreten
hatte, zu welchem der eine der äusseren Töne Grundton,
der andere Quint ist, an welchem sodann der Septimenaccord ein Vorhaltsaccord geworden und sich als solcher auflöst. In Bezug hierauf ist nun zu bemerken, dass die drei
Septimenaccorde, an denen die Grenzverbindung Theil hat,
ihr mittleres Terzintervall mit einem Tone, der Grundton,
Terz oder Quint des tonischen Dreiklanges ist, zu vertauschen haben.

Der Dominantseptimenaccord $Gh D F$, der die beiden
Dominanten F und G als Septimenintervall enthält, setzt
für sein mittleres Terzintervall $h D$ den Grundton C ein.

Der Septimenaccord der Oberdominantterz $h D F a$, dessen äussere Septimendissonanz in dem Zusammenklange
der beiden Dominantterzen a und h besteht, setzt für das
mittlere Terzintervall D/F die tonische Terz e.

Der Septimenaccord der Oberdominantquint $D/F a C$, der
in den beiden Dominantquinten C und D als Septime dissonirt, setzt für das mittlere Terzintervall $F a$ die tonische
Quint G.

In jeder Weise tritt immer der Oberdominantseptimenaccord als Hauptseptimenharmonie hervor, er hat zu seinen äusseren Dissonanztönen die beiden Dominanten, zu seiner Auflösung die Tonica, und schliesst somit die Hauptmomente des ganzen Systemes zusammen; er liegt auch nach Klang und Schrift ausser aller Zweideutigkeit. Denn nach Klang und Schrift kann der Accord *h D F a* als *H D f A* auch Septimenaccord der zweiten Stufe in *a*–Moll; *DFaC* als *dFaC* Septimenaccord der sechsten Stufe in *F*–Dur oder Septimenaccord der dritten Stufe in *B*–Dur sein. Auch in der Molltonart ist der Septimenaccord zweiter Stufe *D F as C* mit dem Septimenaccord siebenter Stufe der *Es*–Durtonart *d F as C* zu verwechseln. Nur der verminderte Septimenaccord (*h D F as*) gehört, wie der Dominantseptimenaccord, einer bestimmten Tonart an, da er mit bestimmten Tönen nur in einer sich vorfindet, und es kann nur die Frage sein, ob diese Molltonart oder Molldurtonart sei. Beim Dominantseptimenaccord ist die Frage, ob er der Durtonart, der Molltonart, oder der Molldurtonart angehöre. Die Septimenaccorde des geschlossenen Systemes bestehen in der Durtonart auf der ersten und vierten Stufe aus einem Dur- und einem Molldreiklange,

$$\widehat{CeGh}, \quad \widehat{FaCe},$$

auf der dritten und sechsten Stufe aus einem Moll- und einem Durdreiklange,

$$\widehat{eGhD}, \quad \widehat{aCeG}.$$

In der Molltonart ist die Gestaltung der Septimenharmonien so mannichfaltig, dass auf jeder Stufe eine andere
Dreiklangscombination erscheint.

Auf der ersten: Molldreiklang und übermässiger Dreiklang; auf der zweiten: verminderter und Molldreiklang;
auf der dritten: übermässiger und Durdreiklang; auf der
vierten: Moll- und Durdreiklang; auf der fünften: Dur-
und verminderter Dreiklang; auf der sechsten: Dur- und
Molldreiklang; auf der siebenten: verminderter und verminderter Dreiklang. In der Durtonart mit weichem Unterdominantdreiklang besteht die Septimenformation auf der
ersten Stufe aus Dur- und Mollaccord; auf der zweiten aus
vermindertem und Mollaccord; auf der dritten aus Moll-
und Duraccord; auf der vierten aus Moll- und übermässigem Dreiklang; auf der fünften aus Dur- und vermindertem; auf der sechsten aus übermässigem und Durdreiklang;
auf der siebenten aus vermindertem und vermindertem.
In Noten dargestellt. *A)* Im Durtonartsystem mit Inbegriff
der Septimenaccorde mit verminderten Dreiklängen:

B) Im Molltonartsysteme:

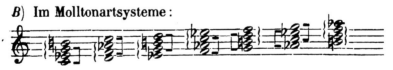

C) Im Molldurtonartsysteme:

Die für das mittlere Terzintervall in den Septimenaccorden eintretenden, zur Auflösung führenden Töne sind bei
den Septimenaccorden mit verminderten Dreiklängen Glieder des Hauptdreiklanges. Der Dominantseptimenaccord
hat den Grundton derselben zum Auflösungston und zieht

den tonischen Dreiklang selbst als Auflösung nach sich. Die
Septimenaccorde des geschlossenen Systemes, in denen die
tonische Terz vorkommt, sind zur Auflösung auf diese Dreiklangstöne nicht bezogen.

$$FaCe \qquad aCeG \qquad CeGh \qquad eGhD$$
$$\overset{\vee}{h} \qquad\quad \overset{\vee}{D} \qquad\quad \overset{\vee}{F} \qquad\quad \overset{\vee}{a}$$

$$GhDF \qquad hDFa \qquad DFaC$$
$$\overset{\vee}{C} \qquad\quad \overset{\vee}{e} \qquad\quad \overset{\vee}{G}$$

Zu unmittelbar praktischem Nutzen werden solche Clas-
sificationen, wie die vorstehende für den Septimenaccord es
ist, wenig dienen können — sie erleichtern aber die Ueber-
sicht des mannichfaltigen Materials, sie gliedern den Begriff
des Ganzen und stellen seine Theile in fasslicher Ordnung
und in der Nothwendigkeit ihrer Gestalt und Beschaffenheit dar.

In das Practische eingreifend ist aber die Unterscheidung
der Septimenaccorde, die in wirklichen Dreiklängen bestehen, von denen, an welchen die verminderten Dreiklänge
Theil haben; sie lehrt den Grund einsehen der verschiedenen Behandlung der Septime, den Grund, warum ich setzen
kann:

und warum ich nicht setzen kann:

Ebenso, was die metrische Stellung betrifft, warum
manche Septimen als vorbereitete auf erster Zeit stehen
müssen, andere auf erster oder zweiter Zeit stehen können.
Das Letztere ist eben mit den Septimenaccorden, an welchen

die verminderten Dreiklänge Theil nehmen, der Fall. Sie sind zweifach zu betrachten. In GhD/F, hD/Fa, D/FaC ist die Septime gegen den Grundton der Unterdominantseite gehörig, ist ein Früheres als der Grundton. Dann aber ist die Septime in diesen Accorden auch Quint des oberen Dreiklanges $hD/\overset{\vee}{F}$, $D/F\overset{\vee}{a}$, $Fa\overset{\vee}{C}$ und als solche ein Späteres als der Grundton des unteren. In der letzten Bedeutung treten diese Septimenaccorde in die Reihe der übrigen und haben dieselbe Behandlung. In der ersten kann die Septime zu liegendem Grundton frei eintreten und auf der zweiten Zeit stehen, wie die anderen, nur aus dem Grundton nachschlagenden, allezeit zu stehen kommen. Denn die sogenannte nachschlagende Septime ist die zu dem liegenden Grundtone des unteren Dreiklanges eintretende Quint des oberen, die aus der melodisch herabgehenden Fortschreitung des ersteren tritt $= C\,e\,G\,..\,h\,e\,G = h\,C\,e\,G.$

Als entschiedene Q u i n t ist diese Septime ein Relatives, ein gegen das Primäre des Grundtones Secundäres, daher auch ein metrisch Zweites.

Alle Dissonanzharmonie, die es durch einen eintretenden G r u n d t o n wird, steht auf erster, die es durch eintretende Q u i n t wird, auf zweiter Zeit. Wenn der Vorhaltsaccord unter allen Umständen die erste Zeit verlangt, so hat das seinen Grund darin, dass er zu seiner Auflösung nicht einer neuen Harmonie bedarf, Dissonanz und Auflösung sind nach der Grundharmonie nicht verschieden, man hört in Bezug auf diese nur die Folge einer ersten und zweiten Zeit; der Auflösungsaccord ist kein neues Erstes, ist nur eine nothwendige Folge; metrisch nur eine zweite Hälfte des Ganzen, dessen erste Hälfte die Dissonanz trug.

Dagegen ist ein Vorhaltsaccord gegen seinen vorhergegangenen der Grundharmonie nach allezeit ein entschieden anderer, nicht ein terzverwandter, sondern quintverwandter,
oder ein völlig getrennter. Denn zwei Dreiklänge, die ein
gemeinschaftliches Terzintervall haben, lassen in ihrer Aufeinanderfolge einen Vorhalt nicht entstehen. Dieser verlangt, dass zu einem liegenden Accordtone in der neuen
Harmonie seine Obersecund (oder Unterseptime) eintrete.
Das gewährt die Folge $CeG..aCe$ (α) so wenig als die
Folge $CeG..eGh$ (β). Wohl aber geschieht es oder kann
es geschehen in den Folgen $CeG..FaC$ (γ), $CeG..GhD$
(δ), $CeG..DFa$ (ε), $CeG..hDF$.

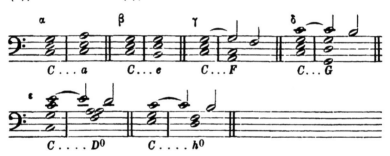

Dass in einem Dissonanzaccord, er bestehe in Vorhalts-
oder Septimenharmonie, der Auflösungston in anderer
Stimme zur Dissonanz nicht schon vorhanden sein kann, ist
eine im Grunde selbstverständliche Sache. Es würde ein
absurder Widerspruch sein, wenn z. B. in dem Accorde

zu dem gebundenen C, durch welches die Töne G und D
eben verhindert sind, sich zum Dreiklange zu verbinden,
diese Verbindung in h dennoch ausgesprochen sein sollte:
ein Widerspruch, der als nicht aufzulösender nicht als Dissonanz, sondern als Discordanz erklingt, d. h. als eine
sinnlose Klangaccumulation.

Wenn keine der Accordstimmen zur Dissonanz den Auflösungston soll erhalten können, so haben wir davon die
unterste, die Bassstimme, auszunehmen, gegen welche der
Dissonanzton als N o n e erklingen kann. Wenn wir in Folgendem gleich ein Beispiel dieser Zulässigkeit an einem Tone
geben, der sonst der empfindlichste für dieses Zusammentreten von Dissonanz– und Auflösungston sein würde, nämlich am Leittone, so wird jeder andere sich um so unbe-
denklicher in diesem Vorkommen zeigen.

Im zweiten Tacte dieses Satzes ist C dissonant gegen D
und löst sich nach dem h, das in der Bassstimme schon angeschlagen ist. In der zweiten Hälfte dieses Tactes ist D
gegen e dissonant, löst sich nach C, das im Bass schon
liegt, ferner e vor D, dann f vor E, wo jedesmal der Bass
den Auflösungston mit der Dissonanz zusammenklingen
lässt. Dass aber eine Auflösung der None in die Octav
nicht Auflösung in dem Sinne sein kann, wie sie beim Vorhalt und der Septime erklärt worden ist, leuchtet ein. Die
Dissonanz h C kann sich unmöglich nach h h, die Dissonanz
CD unmöglich nach CC, De nicht nach DD, eF nicht nach ee
lösen. Es ist von diesen Dissonanzen, die gegen den Bass
als Nonen vorkommen, ganz abzusehen. Die erste Dissonanz
ist CD, die zweite D e, die dritte eF, die vierte Fgis; diese
werden durch die Fortschreitung aufgelöst nach hD, Ce,

DF, Egis, und wir sehen, dass unter der Harmonie, die in
den oberen Stimmen vollständig da ist und ihre regelmäss-
sige Fortschreitung hat, die tiefste Stimme ohne Rücksicht
auf die Vorhalte selbständig ihren Ton aus dem Accord
wählen kann. Es ist hier wie beim sogenannten Orgelpunkt, wo auch das harmonische Gewebe vom Bass unabhängig sich fortbewegt. Hier ist es umgekehrt der Bass,
der sich unabhängig von den Dissonanzen der Oberstimmen
und ihren Auflösungen zeigt, in die Harmonie tritt und
fortschreitet.

Wollten wir eine andere Stimme des obigen Satzes zum
Bass nehmen, die Bassstimme darüber legen, so würde nur
absurde Discordanz entstehen.

Es ist über die Septime hinaus eben ein auf die Grundharmonie direct zu beziehendes Intervall nicht mehr möglich. Die None hat ihre aufzulösende Dissonanz nicht gegen
den Grundton, sondern gegen einen andern in der Harmonie enthaltenen Ton. Wo der Basston zu der in die Octav
sich lösenden None liegen bleibt, ist er Orgelpunkt, oder
ist, da der Orgelpunkt regelmässig nur auf Tonica und Dominant seine Anwendung findet, doch in demselben Sinne
den anderen Stimmen gegenüber zu betrachten. Der Nonen-
accord *Ce G D* in dem folgenden Gange hat als Dissonanz
hinsichtlich der Auflösung keine andere Bedeutung, als die
ihm nachfolgenden Dissonanzaccorde.

Die None als wirkliches Accordintervall könnte nur eine
versetzte Secunde sein, gegen welche dann der Basston
dissonant wird, der einer Auflösung so wie auch einer

Vorbereitung gegen den überliegenden bedürfen würde.
Ebenso sind Dissonanzaccorde, in welchen die Septime zu
liegendem Basstone in die Octav tritt, auf der Tonica z. B.

ganz dieser Art Orgelpunktsharmonien.

Es ist nöthig, über solche Dinge zu ganz klarem Begriff
zu gelangen, um sich dann nicht weiter beirren zu lassen
durch andere Meinungen und Ansichten. Das Wahre ist
einfach und lässt verschiedene Meinungen und Ansichten
nicht zu; es ist in seinen Elementen auch leicht fasslich.
Eine weitere Fortbildung und Verzweigung dieser Elemente
kann zu complicirter Verwickelung führen, man muss diese
immer auf die ersten Principien zurück zu leiten und sie
aus diesen sich verständlich zu machen suchen.

Die oben besprochene Auflösungsart der Septimenharmonie, zu welcher für das mittlere Terzintervall des Accordes der zwischenliegende Ton eintreten musste

ist nicht die einzige. Die Auflösung kann auch so geschehen,
dass im Septimenaccorde das obere oder das untere Terz-
intervall fortbestehe und an dem einen oder andern die
Fortschreitung der Dissonanz zur Consonanz sich bestimme.
Dann wird von dem mittleren Intervall abgesehen und die
Auflösung geschieht wie an der Vorhaltsdissonanz. Der
Dissonanzaccord ist dann auch als ein dreistimmiger ein
Vorhaltsaccord geworden. Das Obige erscheint als *a C G*
oder *a e G*:

Vom ersten ist die Auflösung *a C F*, vom zweiten *h e G*:

Der Grund, aus welchem die erste Auflösung hier wieder die gehörigere erscheint, ist für sich zu betrachten, es
sind hier beide Formen als mögliche anzuführen. In der
ersten ist die Quint des *a*-Mollaccordes, in der zweiten der
Grundton des *C*-Duraccordes verleugnet, der beiden Dreiklänge, welche im Septimenaccorde *a C̑e G* verbunden sind.
Dem verleugneten Tone ist's aber nicht zu verdenken, wenn
er dann auch von der Auflösung keine Notiz nehmen will:
er bleibt auch in dem Auflösungsaccorde gern fortklingend
stehen und macht diesen wieder zu einem dissonanten.

Die zweite Form klingt nicht, weil in ihr der untere
Secundton zu dem liegenden oberen eintritt. Es ist früher
(pag. 55 u. 56) besprochen, dass nur zu dem liegenden
unteren der obere unbedingt anzuschlagen ist. Diese zweite
Folge wird richtig, wenn wir setzen:

das ist, wenn der zweite ein solcher Septimenaccord ist, in
welchem die Septime überhaupt frei zu dem Grundtone,
also auch von unten herauf, an ihn herantreten kann.

Die erste dieser Accordfolgen ist unter allen Umständen
anwendbar und giebt fortgesetzt eine Folge von verketteten
Septimenharmonien, deren Grundtöne terzweis herabgehen.

$a_7 \quad F_7 \quad D^o_7 \quad h^o_7 \quad G_7 \quad e_7 \quad C_7 \quad a_7 \quad F_7$

Aufsteigend kann eine solche Sequenz sich nicht bilden, weil der Septimeneintritt zu liegendem Grundtone nur bei solchen Accorden geschehen kann, die das Intervall der Grenzverbindung (D/F) enthalten, bei den anderen aber nicht. Daher die Folge

nur an den drei Stellen G_7, $h^0{}_7$, $D^0{}_7$ richtig klingt, an den vier anderen ist die Auflösung eine ungehörige.

Somit wird aber in dieser Auflösungsart, in der nämlich, bei welcher das obere Terzintervall die Auflösung bestimmt, indem es den Grundton des Septimenaccordes nöthigt heraufzutreten, wenn die Form für alle Fälle gültig sein soll, der nicht beachtete Mittelton nicht zu neuer Dissonanz können liegen bleiben, er muss mit dem Auflösungston zusammentreten:

Beharren kann der Mittelton, die Terz des unteren Dreiklanges, nur in den Fällen, wo der Grundton aufwärts tretend zu einem Tone des Unterdominantdreiklanges gelangt: $e—F$, $G—a$, $h—C$. Ausser diesen muss er fortschreiten

In diesen Folgen löst die Septime sich in die Sext, indem sie gegen den Grundton herab, oder dieser gegen die Septime hinauf tritt. Die Sext ist eine versetzte Terz, wir haben also zweierlei Auflösungen in die Terz.

Die zuerst gezeigte Auflösungsweise an dem für das
mittlere Terzintervall eintretenden Tone zeigte auch eine
Auflösung in die Quint, indem die Septime herab, der
Grundton hinauf trat, da der Auflösungston auch Terz werden konnte:

Wie nach der Terz und Quint, wird die Dissonanz
endlich auch in die Octav eine Auflösung finden können.

Die Bedingungen für diese Auflösung sind sehr beschrän-
kend, daher dieselbe selten vorkommt, und, wo sie vorkommt, dazu nicht immer in ihrer Natur erkannt und ge-
deutet wird. Es ist von dieser Auflösung in den Lehr-
büchern nicht die Rede.

Die Auflösung der Septime in die Octav kann nur beim
Dominantseptimenaccorde geschehen, und zwar in der
Weise, dass die Septime chromatisch hinauf, der Grundton
eine kleine Secund diatonisch herab tritt.

Man hört dann eben zur Erklärung dieser Fortschreitung
sagen: das Intervall G–F sei nicht Septime, sondern übermässige Sext G–eis. Der Unterschied von F und eis im
Zusammenklange mit G wird aber leicht einzusehen sein,
wenn man die beiden folgenden Sätze vergleicht.

Eben so in diesem beide Harmonien nach einander enthaltenden Satze:

Dass aber der Dominantseptimenaccord ganz allein diese Auflösung zulässt, liegt in den Bedingungen: 1., dass die Septime eine kleine sein muss, damit sie durch Bewegung beider Stimmen sich zur Octav erweitern könne; 2., dass das Mittelintervall zu dieser Octav ein consonantes sei. Beides verbunden gewährt der Dominantseptimenaccord $G h D/F$, indem er mit den Fortschreitungen $F - fis$ und $G - fis$ den Uebergang aus der Septime in die Octav geschehen lässt und durch diesen Uebergang in dem Mittelintervall $h D$ die entschiedene Umwandlung aus der zweifachen in die einfache Bedeutung bewirkt.

Wenn wir diese Auflösung an anderen Septimenaccorden mit kleiner Septime versuchen wollen, so bieten sich im Durtonartsystem die Septimenaccorde der dritten und der sechsten Stufe $e G h D$ und $a C e G$. Die Septime zur Octav zu erweitern giebt es zwei Weisen: die Septime $e - D$ kann mit beiden Stimmen nach Es oder nach dis übergehen; zu beiden aber wird das Mittelintervall kein consonantes sein:

Im Septimenaccorde *a C e G* können die Töne der Septime *a–G* beide nach *as* oder nach *gis* übergehen,

beide Fortschreitungen bringen in das Mittelintervall ebensowenig eine einheitliche Ruhe.

Ferner ergiebt sich eine Septimenharmonie mit kleiner
Septime auf der siebenten Stufe des Tonartsystemes, in
C–Dur: *h D/F a*. Wir wissen aber, dass das Intervall *D/F*
kein consonantes ist; wenn daher die Septime *h–a* mit
beiden Stimmen nach *B* tritt

$$C : VII^{\circ}{}_{7}$$

so ist der zweite Accord nicht der *B*-Durdreiklang, der die
kleine Terz *d F* verlangt, von der das Intervall *D/F* verschieden ist. Mit der Fortschreitung nach *ais* würde zu *F*
der unmögliche Zusammenklang *F–ais* entstehen:

$$C : VII^{\circ}{}_{7}$$

Die Molltonart enthält als Septimenharmonien mit
kleiner Septime den zweiten Septimenaccord der zweiten
und den der vierten Stufe. In *A*–Moll *H D f A* und *D f A c*.
Die Auflösungen des Septimenintervalles führen im ersten
nach *ais* oder *b*; im zweiten nach *cis* oder nach *des*.

$$a : II^{\circ}{}_{7}$$

Nur die zweite Fortschreitung des ersten Septimenaccordes
lässt einen consonanten Dreiklang entstehen, sie verlangt
· aber von der Quint des *E*-Duraccordes *(H)*, dass sie nach

B trete, eine Fortschreitung, zu der jede denkbare Hin-
leitung fehlt.

Der verminderte Septimenaccord endlich hat wieder die
verbundenen Grenztöne zu seinem Mittelintervall und kann
damit so wenig wie der Septimenaccord der siebenten Stufe
im Durtonartsystem durch Auflösung der Septime in die
Octav zu einer Einheitsbedeutung kommen.

Es bleibt sonach eben nur der Zusammenklang des
Durdreiklanges mit dem ihm verbundenen verminderten,
d. h. der Dominantseptimenaccord für die Auflösung der
Septime in die Octav geeignet, indem durch diese Fortschreitung der verminderte in den Molldreiklang, der untere
Durdreiklang in einen consonanten Quartsextaccord übergeht:

und für beide Fortschreitungen, für die chromatische wie
für die diatonische, eine harmonische Vermittlung im Intervall *h D* geboten ist. —

Wenn in der oben besprochenen Auflösungsart die
chromatische Fortschreitung wesentliche Bedingung ist, so
wird sie an anderen Auflösungen Theil nehmen können, die
auch ohne dieselbe in Richtigkeit bestehen würden.

Wie die Septime *G-F* sich nach *G-e* und nach *a-F* löst,
so wird sie nicht weniger gelöst sein, wenn zu der diatonisch fortschreitenden Stimme die andere chromatisch sich
bewegt. Wenn *G-F . . G-e* eine Lösung ist, so ist es ebenso
die Fortschreitung *G-F . . gis-E*. Ebenso, wenn *G-F . . a-F*
Lösung ist, so wird es auch *G-F . . A-fis* sein können.
Denn die Bedingung der Dissonanzlösung besteht in Bezug
auf das Dissonanzintervall darin, dass es durch melodische
Fortschreitung einer oder beider Stimmen in ein consonantes übergehe, dass aus der Septime die Sext, oder,
wenn beide Stimmen sich diatonisch gegen einander be-

wegen, die Quint werde. Die Sext kann aber nach ihrer
Stellung im Tonartsystem klein, gross, ja übermässig, die
Quint vermindert, rein oder übermässig sein. Die Intervalle der verminderten und übermässigen Quint, der übermässigen Sext gehören nicht dem ruhenden, selbständigen
Dreiklange an, und insofern sind sie zwar nicht conso-
nirende, sie sind aber an ihrer Stelle im Tonartsystem berechtigte, im Dissonanzdreiklange consonante, da an der
Stelle des Dissonanzdreiklanges der Consonanzdreiklang
dissoniren würde. Als solche können sie für die Dissonanz
des Septimenaccordes wie des Vorhaltes Auflösung sein.
So wird die oben angeführte Dissonanz *G–F* nicht diese
auflösenden Folgen allein haben können:

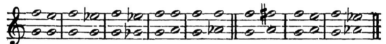

sondern auch die folgenden in Intervalle der Dissonanzdreiklänge führende

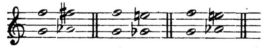

Zu all diesen auflösenden Fortschreitungen wird es nicht
schwer sein, richtige Accordverbindungen zu finden, wenn
man die verschiedenen Septimenaccorde mit dem Intervall
G–F, als: *G h D F*, *G b D f*, *G B D F*, *G b Des f* u. m. in Be-
tracht zieht.

Die chromatische Erhöhung ist die Umbildung der
kleinen Terz in eine grosse, ein Unterschied, der auf dem
Gegensatz der Dur- und Mollquint beruht.

e   G   h

E   gis   H

Die chromatische Vertiefung ist die Umbildung der
grossen Terz in eine kleine:

$$C \ e \ G$$
$$c \ E \ sg$$

Am Durtonartsystem *F a C e G h D* kann die chromatische Erhöhung zur Umbildung der kleinen Terz in die grosse nur an den hier mit grossen Buchstaben bezeichneten Tönen geschehen, an den Tönen : *F, C, G* und *D*: sie gehen aus der Mollterzbedeutung *D/F, a C, e G, h D* in die Durterzbedeutung über : *D fis, A cis, E gis, H dis*, wodurch die G-Dur-, d-Moll-, a-Moll- und e-Moll-Tonart angesprochen wird. Chromatische Vertiefung können die Töne annehmen, die hier mit kleinen Buchstaben bezeichnet sind, indem sie Durterzbedeutung haben und in Mollterzen übergehen können, nämlich die Töne *a, e, h . Fa .. Fas, C e .. C es, G h .. G b.*

Die Fortschreitungen *F-fes, C-ces, G-ges, D-des* würden der C-Durtonart fremd sein, ebenso die Fortschreitungen *a .. ais, e .. eis, h .. his.*

Die Molltonart hat in ihren drei Dreiklängen *Fas Ces G h D* eine sehr bedingte Natur. Die grosse Terz *G h* kann in die kleine, *G b*, übergehen; die kleine Terz *C-es* in die grosse *C e*, ebenso die Unterdominantterz *Fas* zur grossen, *Fa*, werden. Mit *C e* wird die *F*-Molltonart, mit *Fa* die *B*-Durtonart in Anspruch genommen. Weiteres in Bezug auf andre Tonart wird bei der Modulation zu besprechen sein; wir betrachten die chromatische Veränderung hier nur, sofern sie an der Dissonanzauflösung Theil hat.

Man wird nach Dem, was über die verschiednen Arten von Septimenaccorden, den Dissonanzeintritt an ihnen, zuletzt über die chromatische Veränderung der bei der Auflösung nicht bewegten Stimme gesagt worden ist, sich die folgenden Fortschreitungen erklären können:

Eine vollständige Reihe der möglichen Dissonanzauf-
lösungen verzeichnen zu wollen, würde, wenn auch nicht
ins Grenzenlose, so doch zu einer solchen Menge führen,
dass sie unübersehbar wäre. Die Bedingungen, unter denen
die Auflösung geschieht und geschehen kann, sind leichter
zusammenzufassen; sie bestehen in Folgendem:

Die Septimen des geschlossenen Tonartsystemes:

$$F\,a\,C\,e, \quad a\,C\,e\,G, \quad C\,e\,G\,h, \quad e\,G\,h\,D$$
$$F\,as\,C\,es, \quad a\,C\,es\,G, \quad C\,es\,G\,h, \quad es\,G\,h\,D$$

wollen auf zweiter Zeit vorbereitet sein, auf erster (guter)
Dissonanz stehen, auf zweiter sich auflösen. Ihre Dissonanz
auf zweiter Zeit wird in der Regel aus der Octav oder dem
Grundton nachschlagen und wird dann abwärts sich lösen
wollen. Die vorbereitete und auf erstem Tacttheil stehende
wird die anderen Auflösungen leichter annehmen.

Die Septimenaccorde, welche die verbundnen Grenztöne enthalten,

$$G\,h\,D/F, \quad h\,D/F\,a, \quad D/F\,a\,c$$
$$h\,D/F\,as, \quad D/F\,as\,C$$

stehen auf erster und zweiter Zeit. Als nachschlagende,
nicht in der Septime, sondern im Grundton vorbereitete,
lösen sie sich gern abwärts gegen den Grundton auf. Als
liegenbleibende zu einer andern Auflösung würde eine
nachschlagende zur Syncope führende, *â*, der Dissonanz
einen Accent ertheilen, was die metrische Stellung unklar
macht.

Der Vorhalt löst sich allezeit herabgehend auf, wie er
dissonant immer auf guter Zeit steht.

Das sind nicht empirische Vorschriften zu gedanken-
loser Benutzung; es ist hier nur äusserlich zusammengefasst, was in dem Vorhergegangenen aus innerer Nothwendigkeit sich ergeben hat.

Es sind zuletzt zwei Auflösungsarten des Septimenaccordes mit aufgeführt worden, die zu einem Intervall
führen, von welchem die Rede ausführlich noch nicht gewesen ist. Berührt ist es S. 94 — 96. Nämlich die beiden Folgen:

und in ihnen das Intervall der sogenannten ü ber mässige n
Sext : *as-fis*, *ges-e*. Die Sext ist eine versetzte Terz, als
Terz müssen wir sie im Dreiklange aufsuchen. Wir finden
aber in den Dreiklängen des Tonartsystemes, wie dasselbe
uns bekannt ist, kein vermindertes Terzintervall. Die
übermässige Sext als Umkehrung der verminderten Terz
ist aber ein sehr eingänglicher Zusammenklang, von dem
sich auch eine natürliche Herkunft erweisen muss.

Wir haben ihn zunächst in Bezug auf die Molltonart
aufzusuchen.

Die *c*—Molltonart besteht in den Dreiklängen

$$F\ as\ C \qquad G\ h\ D$$
$$C\ es\ G,$$

sie sind einer sich entgegengesetzten Reihe entnommen,
die von *G* nach der Oberdominantseite in Durdreiklängen,
nach der Unterdominantseite in Molldreiklängen sich fort-
setzt oder fortsetzen würde, wenn wir sie sich weiter
wollten bilden lassen.

$$....B\ des\ F\ \overset{\longleftarrow\ \circ\ \longrightarrow}{as\ C\ es\ G}\ h\ D\ fis\ A\ cis\ E...$$

Was die Bestimmung für das begrenzte Molltonartsystem betrifft, so ist diese früher nachgewiesen (S. 18—21).

Es ist aber der erste über dem geschlossenen Systeme
auf der Oberdominantseite vortretende Ton *fis* die **Terz**
der Oberdominantquint *D*, oder Quint der Oberdominantterz *h*: die Terz des *D*–Dur–, oder Quint des *h*–Mollaccordes.

Wir sehen oft in die *C*–Durtonart *fis* eintreten, ohne
dass dadurch ein Uebergang nach der *G*–Durtonart bewirkt, ja auch nur angeregt wird; so z. B. in der folgenden Stelle:

Hier tritt *a C*, Terz und Quint des Unterdominantdreiklanges *Fa C*, mit *fis*, der Terz der Oberdominantquint, zusammen. Der Accord *a C fis* oder *fis/a C* ist nicht der Dreiklang der siebenten Stufe, *fis A/C*, der *G*–Durtonart, sondern des Tonsystemes

$$a\,C\,e\,G\,h\,D\,fis$$

d. h. des Systemes, das, mit einer Tendenz nach der Oberdominantseite, den zuerst hervortretenden Ton dieser Seite
hören lässt, als Terz seiner Oberdominantquint, dafür aber
den Unterdominantgrundton aufgiebt. Ebenso lässt sich
sagen: eines Systemes, das den *e*–Molldreiklang zur Tonica,
den *a*–Molldreiklang zur Unterdominant, den *h*–Molldreiklang zur Oberdominant hat. Es ist immer ein sehr mate-
rielles Vorstellungsmittel, wenn wir uns eine Reihe vorausbestimmter Dreiklänge denken, in denen das Tonartsystem
seinen Platz nimmt; gleich als wollten wir die Glieder
eines organischen Körpers als fertige voraussetzen, in die
das lebendige Wesen sich einwachsen soll. Die Triebkraft
ist es vielmehr selbst, die in organischer Fortbildung sich
diese Glieder schafft, in deren jedem das Gesetz des Ganzen walten wird, wie im Blatt, in der Blüthe, in der

Frucht der Pflanze die Idee der Pflanze waltet, die nur dieses Blatt, nur diese Blüthe, nur diese Frucht hervorbringen kann. Die Neigung des Tonartsystemes, die Oberdominantseite geltend zu machen, muss zunächst dem *h*-Molldreiklange seine Quint *fis* erwerben, diese Neigung nach der Oberdominantseite ist aber in eben dem Grade Abneigung von der Unterdominantseite; der Eintritt des *fis* ist nothwendig das Verlassen oder Aufgeben von *F*, und so können chromatisch verschiedene Töne in direct harmonischer Bedeutung nie zusammentreten, weil chromatisch Verschiedenes, als die Dreiklangs–Trias überragend, sich gegenseitig ausschliesst.

In der Verbindung seiner Grenzen wird nun das System *a C e G h D fis* die Töne *fis* und *a*, die *h*-Mollquint mit dem *a* – Mollgrundton, zusammenfassen, ein Intervall (*fis/a*) das so wenig wie das Intervall *D/F* des Normalsystemes die Mollterz $\frac{5}{6}$, sondern $\frac{27}{32}$, um das bekannte Komma 80 : 81 kleiner als jenes ist; denn die Mollterz von *fis* würde *A*, die Quint von *D*, sein, und ist diese aufgenommen, so sind wir vollständig in die *G*-Durtonart übergetreten, in welcher der in *C*, der Durtonart, als tonischer Dreiklang bestehende *C*-Duraccord Unterdominantdreiklang geworden ist.

In der Molltonart nun wird mit gleicher Tendenz nach der Oberdominantseite auf dieser dasselbe *fis*, wie im Durtonartsysteme, hervortreten, wogegen der Grundton des Unterdominantdreiklanges aufgegeben wird.

Das *C*-Mollsystem: *F a s C e s G h D*

erhält die Gestalt: *a s C e s G h D fis*.

Die Verbindung der Grenzen lässt jetzt für *D/F* den Zusammenklang *fis/as* hören, und dies Intervall ist es, das in seiner Versetzung, in der Umkehrung aus der verminderten Terz zur übermässigen Sext, in der Harmonie vorkommt: es ist der Zusammenklang der Unterdominantterz mit der Terz der Oberdominantquint im fortgerückten

System der **Molltonart.** In der **Molldurtonart,** [die mit der Molltonart gleiche Dominantaccorde hat, ist das Intervall dasselbe, bezieht sich in seiner Auflösung aber auf einen tonischen Durdreiklang.

> **Molltonart:** *Fas Ces GhD*
> vordringend: *as C es G h D fis*

> **Molldurtonart:** *C es GhDfis A*
> vordringend: *es G h D fis A cis*

Als Accordintervall wird der Zusammenklang *fis/as* in zwei Dreiklängen und drei Septimenaccorden eingreifen können.

Dreiklänge: *D fis/as,   fis/as C*
Septimenaccorde: *h D fis/as, D fis/as C, fis as C es, (fis as C e)*

In der Terzgestalt hat nun dies Intervall durchaus etwas Unnatürliches, wenigstens Gezwungenes. Wir finden zuweilen auch diese Lage angewendet; die normale aber ist die der Sext. Die obigen Dreiklänge und Septimenaccorde sind, so gestellt, kaum als brauchbare Harmonien zu erkennen.

Die verminderte Terz ist ein Intervall, das als dissonantes, indem es einem wirklichen Dreiklange nicht angehört, aus einer Folge entstanden sein muss, und dann können die Töne *as* und *fis* beide melodisch nur aus dem *G* hervorgegangen sein; denn ihr Zusammentreffen ist nur in der *C*–Molltonart möglich, in dieser aber liegt über *as* die Dominantterz *h*, unter *fis* die tonische Terz *es*, zu beiden Seiten also übermässige Secunden, die eine melodische Fortschreitung nicht zulassen.

Die harmonische Vermittlung für *G* .. *as* geschieht durch *C*, *G* ist dann als Quint gesetzt. Die harmonische Vermittlung für *G* .. *fis* geschieht durch *D*, *G* ist dann als Grundton gesetzt.

Es müsste demnach bei der Fortschreitung, welche *fis-as* als Terz hervorgehen lassen soll, *G* zugleich Quint von *C* und Grundton von *D* gewesen sein

Dieser Widerspruch, dieser Zwiespalt, der in dem Tone gesetzt wird, von welchem allein die beiden das verminderte Terzintervall bildenden ausgegangen sein können, ist es, was als Unnatur sich im Intervalle selbst kundgiebt, nicht eben als eine Discordanz, aber als ein Zwang, als eine harte Bedrängniss. Die verminderte Terz, wo sie vorkommt, nöthigt rückwärts den Ton *G* in zweifacher Bedeutung anzunehmen.

Diese Nöthigung wird aufgehoben, indem die beiden Töne *fis* und *as*, die in verminderter Terz einander zugewendet, auf ein und denselben Ton melodisch bezogen sind,

ausser melodische Beziehung zu diesem zwischenliegenden Tone gesetzt werden. Dann wenden die Töne sich von einander ab.

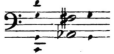

Jeder von ihnen ist dann nicht weniger melodisch auf *G* zu beziehen, allein es ist nicht ein und dasselbe *G*. Es ist für die tiefere Fortschreitung, *G*.. *as*, Quint von *C*, für die höhere, *G*.. *fis*, ist es Grundton von *D*. Die erste Bedeutung ist als tiefere **früher**, die zweite als höhere **später** da.

Was den Terzzusammenklang *fis—as* harmonisch unwahr macht, hindert nicht die melodische Aufeinanderfolge der beiden Töne in dieser engen Lage

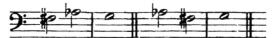

denn hier, indem *fis* seinen Weg zu *as* durch *G* nimmt, erhält dieses die Grundtons- und Quintbedeutung **nach einander**:

In der Bewegung *fis-as* geht es aus der Grundtonsbedeutung in die Quintbedeutung, in der Bewegung *as-fis* umgekehrt aus der Quint- in die Grundtonsbedeutung.

Dass ein wirklicher Aufenthalt bei solchen Successionsvermittlungen nicht erforderlich ist, haben wir früher schon gesehen: der Uebergang *fis*.. *as*, *as*.. *fis* scheint hier eben so unmittelbar zu geschehen, wie an der S. 35 besprochenen Stelle der Terzschritt *F*.. *D*, wo die melodisch-harmonische Vermittlung der sechsten und siebenten Leiterstufe durch die tonische Terz *e* geschieht, wiewohl diese selbst sich nicht hören lässt.

Wie die verminderte Terz ein melodisches, singbares Intervall, ihre Umkehrung, die übermässige Sext, es nicht ist, so werden überhaupt alle verminderten Intervalle melodische sein, die in ihrer Umkehrung als übermässige es nicht sind. Zwischen verminderten fehlt nie die vermittelte Secundfortschreitung, durch welche von einem Tone zu dem entfernteren zu gelangen ist. Bei übermässigen findet sich allezeit Störung des Fortganges.

Die Intervalle der verminderten Septime, Quint, Quart und Terz bestehen in melodisch verbundener Succession und sind dadurch singbar. Den Umkehrungen derselben, der übermässigen Secund, Quart, Quint und Sext, fehlt diese successive Verbindung, dadurch sind sie unsingbar, unmelodisch. — Es ist immer die Trennung der beiden Dominanttterzen, was dem Fortgange zu einem entfernteren Ton sich in den Weg stellt. Bei dem Intervalle der übermässigen Sext, die in anderes Tongebiet übergreift, kommt diese Trennung als übermässiges Secundintervall zweimal vor, bei *as*..*h* und *es*..*fis*.

Wenn das verminderte Terzintervall zu harmonischer Verständlichkeit jederzeit in seiner Versetzung als übermässige Sext zu erscheinen hat, so kann es zur Accorderklärung doch in seiner Grundgestalt stehen bleiben. Die Dreiklänge, an denen in der *C*–Molltonart das Intervall *fis/as* theilnimmt, waren, indem es oberes oder unteres Terzintervall sein kann: *D fis/as, fis/as C.*

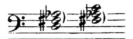

Dem zweiten dieser Dreiklänge begegnen wir in der Versetzung als Sextaccord in den Dominantdreiklang der Moll- oder Molldurtonart aufgelöst häufigst, mit vier Stimmen wird nun die ursprüngliche Quint, die Terz der Sextlage zu verdoppeln sein als einzige Stimme, welche verschiedene Fortschreitung haben kann

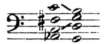

Der Dreiklang *D fis as* kommt in keiner Lage zur Anwendung. Er ist aus dem leeren Quintintervall entstanden und führt in dasselbe zurück.

Wäre die Terz beim vorausgehenden Dominantaccorde gewesen, so würde nicht der Dreiklang *D fis as*, sondern es müsste der Septimenaccord *D fis as C* resultiren, von welchem später die Rede sein wird

 ;

wir haben es hier mit der Untersuchung der Dreiklänge allein zu thun.

Der Uebergang aus dem einen dieser Dreiklänge in den andern als Harmonie zusammengehalten, lässt den Septimenaccord *D fis/as C* entstehen. Denn es geht vom ersten

zum zweiten *D* nach *C*, vom zweiten zum ersten *C* nach *D*
über: *D fis as C*.

D fis as - *C fis as*, *fis as C* - *fis as D*.

Fis kann nur aufwärts nach *G*, *as* nur abwärts eben-
dahin fortgehen, nach den andern Seiten haben beide Töne
die übermässige Secund neben sich, die melodisch nicht
zu erreichen ist, daher der Dreiklang *D fis/as* nicht zu dem
Septimenaccorde *D fis as h* (*h D fis/as*), der Dreiklang *fis/as C*
nicht zum Septimenaccorde *es fis as C* (*fis as/C es*) führen
kann.

Wenn aber beide Septimenaccorde noch auf anderem
Wege sich herleiten könnten, als z. B.

so wird doch auch dann nur der zweite, *fis/as C es*, als eine
verständliche Harmonie sich bewähren: der Accord
h D fis/as bleibt in allen Lagen ein widersprechender Zusammenklang.

Widersprechend ist der Zusammenklang *h D fis/as* darin,
dass die Dominantterz *h*, die bei dem dissonanten Intervall
fis/as, das die Töne *C* und *D* zu seiner Möglichkeit bedingt,
erst als Folge erwartet werden kann, dem Dissonanzaccorde
selbst schon angehören soll.

Es ist im Zusammenklange *h D fis as* etwas so Wider-
sprechendes wie in dem Zusammenklange *h C D*.

Ein Vorkommen des Accordes *h D fis/as* oder des gleichen

in anderer Tonart würde in einer Stelle wie die folgende
nicht unrichtig lauten :

wo der Accord bei × als durchgehende Harmonie, nicht als
fundamentale erscheint. Als solche wird sie sich nie pro-
duciren, der Zusammenklang *fis/as* nie ein *h* zulassen
können.

Man sieht von Neuem hier, wie die Accordbildung allezeit eine in ihren Gliedern sich selbst schaffende ist, dass
auch in dem geregelten System und in der Ordnung, wie
sonst die Accorde aus den Intervallen zusammentreten,
das Gesetz harmonischer Combination nicht unmittelbar
enthalten ist. Die Harmonie ist überall nicht eine mecha-
nische Gliederpuppe, die sich zu willkürlichen Stellungen
hergiebt und Verrenkungen zulässt, sie ist lebendig-
organischer Körper, der in seinen Bewegungen nur ver-
nünftigem Willen folgt, und so ist auch die kleinste harmonische Bewegung ein Gedankenausdruck.

Dem Septimenaccorde *fis/as C es* steht ein Hinderniss
wie dem vorigen *h D fis/as*, in welchem *h* die Verbindung
fis/as nicht kann entstehen lassen, nicht entgegen. Eine
Auflösung des Accordes *fis/as C es* kann aus der Septimenlage nicht direct nach dem Dominantaccord führen, indem
durch das gleichzeitige Herabgehen von *es* und *as* die in
vermittelter Fortschreitung unmögliche Quintfolge entsteht.
Der Ton *es* wird vor oder nach dem Zusammentreten der
Töne *as* und *fis* in *G* nach *D* treten müssen.

Dass aber auch eine unmittelbare Auflösung dieses
Accordes nach dem Dominantdreiklange geschehen kann,

sobald die Stimmlage so ist, dass aus der Quintfolge eine Quartfolge wird, ergiebt sich von selbst, da diese letztere in regulärer Accordverbindung ihren Platz findet. So ist die Folge

in jedem Sinne eine richtige, wie sie auch dem Gehör sich als solche ergiebt.

Die Auflösung der Septimenaccorde mit dem verminderten Terzintervall kann aber, sobald nur dies Intervall in den Einklang zur Ruhe zusammengetreten ist, ferner noch sehr verschiedenen Fortgang nehmen. Jeder Accord, der gegen den vorigen nur eine Auflösungsbedeutung hatte, wird dann eine andere von ihm ausgehende annehmen und den weitern Fortgang von ihr einleiten. So wird in der zweiten Auflösung des letzten Septimenaccordes (*fis/as C es*), die zuerst in die Quartsextlage des tonischen Dreiklanges führt, um diesen dann in den Dominantaccord gehen zu lassen,

diese letzte Fortschreitung unterbleiben, die Quartsextlage zu anderem Fortgange zu führen sein, z. B.

Nur der Zusammentritt von *fis* und *as* nach *G* wird immer zuerst und mit beiden Stimmen natürlich zugleich geschehen müssen.

In der Molldurtonart kann nur der mittelste der drei Septimenaccorde mit verminderter Terz vorkommen. Die ersten beiden, *h D fis/as*. *D fis/as C*, berühren den Unterschied dieses Systemes vom Molltonartsystem, der in der Dur- und der Mollterz des tonischen Dreiklanges besteht,

gar nicht; der erste aber schliesst sich hier aus demselben
Grunde wie dort von selbst aus: es kann *h* ein Zusammentreten von *fis* und *as* nicht zulassen. Der dritte Septimenaccord, *fis/as C e*, enthält für die verminderte Septime *fis-es*
der Molltonart die kleine Septime *fis-e*, wie an gleicher
Stelle der Durtonart der Accord *fis a C e* steht.

Der Septimenaccord der siebenten Stufe der Durtonart
wollte ein secundweises Nebeneinanderstehen der beiden
Dominantterzen nicht unbedingt zulassen, ja, er verlangte
überhaupt eine Lage, in welcher die Septime höchste
Stimme ist. Das Nebeneinanderstehen von *a h* im Accord
h D/F a versetzte die Harmonie als *H D/f A* nach der *A*-Moll-
tonart.

Die Septimenlage der unmelodischen Secund *a h* gewährt in *h a* ein melodisch vermitteltes Intervall. Die
Secund *e fis* im Septimenaccord *fis a C e* ist ebensowenig
vermittelt, als es in jenem Accord *h D F a* die Secund *a h*
ist. Hier entbehrt aber auch die Umkehrung *fis e* der Vermittlung, welche dort die Septime *h a* in allen Stufen des
Durchganges findet. Denn es ist in dem System *F as C e G h D*
mit seiner Fortrückung *as C e G h D fis* der Uebergang von *fis*
nach dem darüber liegenden *e* durch die übermässige
Secund *as/h* unterbrochen.

Die Septime *fis* . . *e* ist in diesem Systeme so wenig melodisch, als es die Secund *e* . . *fis* ist.

Das *as* ist aber hier, wie sonst in der aufsteigenden
Leiter, nicht zu umgehen, nicht mit der *D*-Durquint zu
vertauschen, da eben der Zusammenklang *fis-as* gefordert
wird. So kann also, wenn die Molltonart den Accord
fis as C es gern zulässt, der Accord gleicher Stelle in der
Molldurtonart *fis as C e* nicht gleiche Zulässigkeit finden und
diesem Tonartsystem bleibt demnach von den drei Sep-

timenaccorden mit verminderter Terz *h D/fis as*, *D fis as C*,
fis as C e nur der mittlere, *D fis as C*:

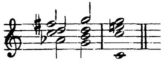

Im Septimenaccorde *fis as C es* gehört *es* dem *As*-Dur-
dreiklange an und wird mit *as* und *C* immer zusammentreten können. Im Septimenaccorde *fis as C e* findet *e* in *as*
keinen Grundton und verlangt eine harmonisch–melodische
Herleitung, die es in seinem Bezug auf *as* weder auf– noch
absteigend finden kann, daher der Zusammenklang von *e*
und *fis* mit *as* ein discordanter ist, wenigstens zum Nor-
malgebrauch nicht anwendbar sein kann. Das Ohr sagt
kürzer: es klingt nicht. Wir dürfen uns so kurz dabei
nicht fassen, da hier eben zu erklären, oder der Grund zu
sagen ist, warum einige dieser Accorde, von denen jeder
dieselbe Berechtigung wie der andere äusserlich zu haben
scheint, nicht klingen.

Dass es nicht auch Fälle geben sollte, wo der Accord
fis as C e sich hören lassen kann, wie schon weiter oben
auch für den Accord *h D fis as* ein solcher angeführt wurde,
ist gar nicht in Abrede gestellt. Ein Gang wie dieser:

ist nicht unverständlich, nicht falsch; hier handelt es sich
aber um die allgemein gültige Anwendbarkeit der Accorde,
wie sie beim Septimenaccorde der siebenten Stufe im
Durtonartsystem (*h D F a*) die Septime zur höchsten Stimme
verlangt, die Septimenaccorde mit verminderter Terz
(*D fis as C*, *fis as C es*) mit der Sextlage dieses Intervalles.
Dass solche Bedingungen sich zur Regel gemacht haben,
von welcher andere Lagen nur als Ausnahmen sich zur

Geltung bringen, als Harmonien, die an ihrer Stelle zu
sehr charakteristischer Wirkung als Besonderes, ja als
Sonderbares, dienen können, hebt die Regel und den
Grund, der sie motivirt, nicht auf. Es ist überall nicht
eine blosse Convenienz oder ein blinder Respect vor Auto-
ritäten, was der Regel die Gültigkeit sichert; das kann nur
eine logische Nothwendigkeit sein. Es kann aber im Aus-
drucksbedürfniss einer Zeit liegen, dass Harmonien in
Aufnahme kommen, die einer andern Zeit fremd waren;
dass Accorde und Accordfolgen zu musikalischem Gemein-
gute werden, die früher gar nicht vorkamen, oder als
harmonische Seltenheiten und Merkwürdigkeiten besonders
bemerkt und besprochen wurden. So finden wir in mehreren musikalisch-kritischen Werken des vorigen Jahrhun-
derts die folgende Stelle in einem Psalm von Marcello als
Neuerung und bedenkliches Wagniss angeführt:

tut - to   ge - me   il   mon-do   afflit - to

die ihr Besonderes für jene Zeit, wo die übermässige Sext
schon gehört worden war, in der verminderten Terz *h-des*
des vierten Tactes hatte, wie wir sie heut zu Tage aber
bei geringerem Anlass als dem einer klagenden ganzen
trauernden Welt zu vernehmen gewöhnt worden sind.

     Allein nicht solche besondere Dissonanzharmonien
treten spät erst in der älteren Musik auf; es fehlt einer
grossen Blüthezeit, die wir die Palestrina'sche nennen
können, ohne sie auf diesen Componisten allein beschränken zu wollen, überhaupt noch die sogenannte
»wesentliche Dissonanz«, der Septimenaccord, die
Harmonie, da zwei nächstverwandte Dreiklänge in einander
liegend sich als Zusammenklang hören lassen. Die Dissonanz jener Musik ist allein der Vorhalt.

Im Septimenaccorde, einem Conflict zweier Dreiklänge, dessen Lösung einen dritten, neuen resultiren lässt, ist jedenfalls ein höherer Grad harmonischer Fortentwickelung anzuerkennen, als in der Dissonanz des Vorhaltsaccordes. Das ältere Harmoniesystem, ohne den Septimenaccord, beruht auf der absoluten, auf der unmittelbaren Consonanz, denn die Dissonanz des Vorhaltes macht den Dreiklang nicht zweifelhaft. Das neuere beruht nicht auf der Dissonanz, denn Dissonanz ist eine Zweiheit, ein Zweifel, der keine Ruhe gewähren, keine Basis bilden kann; es beruht aber auf der aus der Dissonanz durch ihre Auflösung gewonnenen Consonanz, auf der Consonanz, die im Gegensatz der Zweiheit als Einheit e r k a n n t wird.

In ihrer Sphäre ist die ältere Musik zu einer Vollendung, zu einer Ausbildung gelangt, die wir nur bewundern können, und was technische Meisterhaftigkeit betrifft, so lässt sich wohl behaupten, dass es von neueren Meistern keinem gelingen würde, auch nur eine Partiturseite in der unfehlbaren Sicherheit der polyphonischen Factur herzustellen, wie sie in alter Musik Gemeingut ist, wie dort auch die Handwerker unter den Künstlern sie besitzen. Es war aber auch eben das Handwerk ein bestimmter zu erlernendes, es hatte einen abgeschlossenen Kreis auszufüllen. Harmonie und Stimmengang kehren immer als dieselben wieder, bei Palestrina wie bei den geistig geringeren Componisten seiner Zeit. Wie man finden könnte, dass in die bedeutendsten Werke unserer Neuzeit sich zuweilen noch etwas Dilettantenhaftes hineinzieht, so wird auch bei den weniger bedeutenden der alten Zeit immer eine vollkommene Meisterschaft in technischem Sinne anzuerkennen sein.

Die von den Niederländern herübergekommene Schreibweise hat sich bei den Italienern zu grösserer Schönheit erhoben, hat weichere, schwunghaftere Linien erhalten,

sonst ist sie wesentlich dieselbe geblieben. Auch spätere
Nachfolger Palestrina's, wie Allegri u. a., ja selbst bis auf
A. Scarlatti, haben in Compositionen *a capella* den soge-
nannten Palestrinastyl beibehalten, eine Harmonie ohne
Septimenaccord; denn dass dieser in ganz vereinzelten
Fällen bei den späteren Componisten dieser Schule sich
zuweilen doch einstellt, kann nur als Ausnahme gelten und
die Regel bestätigen.

Dass nun dieses bedeutende Moment, die wesentliche
Dissonanz, die Septimenharmonie, der ältern Musik fehlt,
ist ein Grund, warum sie uns nicht ganz befriedigen, auf
die Dauer nicht ganz erfüllen kann. Es ist nicht der Mangel
an Dissonanz, was die Unbefriedigung mit sich bringt, es
ist der Mangel des Bewusstwerdens der Consonanz eines
höheren Consonanzbegriffes, wie er in der Auflösung der
Dissonanz — »durch Kreuz zum Licht«, erst hervorgeht.
So werden auch alle Versuche, altitalienische und alt-
deutsche Kirchenstücke für den Gebrauch beim Gottes-
dienste einzuführen, bei aller Kunstvollendung, bei aller
Reinheit des kirchlichen Styls, die wir in diesen Sachen
anerkennen müssen, doch immer nicht dahin führen
können, dass etwas unserem inneren Bedürfniss vollkommen Zusagendes erlangt würde. Sie legen sich dem
Sinn, der musikalischen Empfindungsweise unserer Zeit im
Ganzen und Einzelnen nicht überall an. Der Musiker kann
in die alte Musik sich hineinleben und wird ihre Schönheit
in vollem Maasse geniessen und sich dafür begeistern
können; ebenso wird eine Gesellschaft von mitwirkenden
Dilettanten bei den Aufführungen solcher Musik zu unbe-
dingtem Preise ihrer Schönheit disponirt gefunden werden
können, wo jeder Einzelne ihren eigenthümlichen Werth
zu würdigen auf seiner musikalischen Bildungsstufe noch
nicht einmal ganz im Stande ist. Für den ganz allgemeinen
Musiksinn der Zeit, der etwas seiner Fühlungsweise Fremdes

auch in der Kirche sich nicht will bieten lassen, ja hier vielleicht am allerwenigsten, kann die bei dem Musiker auf kenntnissvoller Würdigung, bei dem Dilettanten auf Liebhaberei, durch die Bedeutsamkeit jeder einzelnen Stimme, wie sie in aller ältern polyphonischen Musik zu finden und ihr positiver Vorzug ist — sich als ein wichtiges Glied im Ganzen fühlt, auf vergnüglicher Theilnahme bei der Aufführung beruhende Adoration dieser Musik immer nicht maassgebend sein zu gleicher unbedingter Hingebung Anderer. Jener Sinn verlangt ein in der Entwickelung ihm Adäquates, aus einem Gedanken- und Gefühlskreise, in dessen Centrum er sich selbst setzen kann, nicht aus einem Kreise, dessen Peripherie er nur berührt.

Ein Uebertreten des Tonartsystemes nach der Unter- dominantseite, wie ein solches nach der Oberdominantseite in der Molltonart zu den Accorden mit verminderter Terz führt, wird in wenig Fällen anzunehmen sein.

In der Durtonart würde der unterhalb des Unter- dominantgrundtones gelegene Terzton, in C-Dur das d des B-Durdreiklanges eintreten, dafür die Oberdominantquint D aufgegeben werden. Abgesehen davon, dass ohne den Grundton B es schwer sein wird, jenes d von diesem D unterschiedlich dem Gefühle immer kennbar zu machen, mit dem Eintritte von B aber die F-Durtonart völlig fest- gesetzt, die C-Durtonart aufgegeben wird, so ist überhaupt eine Tendenz nach der Unterdominantseite fast ein Wider- spruch gegen das Wort Tendenz, mit welchem wir den Begriff des Strebens, nicht des Zurückhaltens verbinden mögen. In der Molltonart ist der Uebertritt nach der Unter- dominantseite von mehr Bestimmtheit als in der Durtonart. Das A-Molltonartsystem, das den d-Molldreiklang als Unter- dominantaccord hat, nimmt das unter ihm liegende b, die Terz des G-Molldreiklanges auf, und verliert dafür die Ober- dominantquint H.

$$D\,f\,A\,c\,E\,gis\,H$$
$$b\,D\,f\,A\,c\,E\,gis$$

, Man würde aber die Auflösung des aus diesem Systeme resultirten übermässigen Sextaccordes *b D E gis* in den *A*-Molldreiklang *a c E*

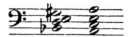

nicht für eine richtige Folge nehmen können; wenn man *gis* hört, glaubt man wohl Anspruch auf *cis* zu haben. Der Zusammenklang *gis-b* lässt immer *gis* als chromatisch erhöhet, nicht *b* als chromatisch vertieft vernehmen, somit das Intervall *b-gis* als ein nach der Oberdominant hinausgetriebenes, nach dieser Seite übermässiges. In diesem Sinne aber, indem *b* als zur Tonart gehörig zu betrachten ist, kann *b-gis* nur im System der *D*-Molltonart mit dem auf der Oberdominantseite hervorgetretenen *gis*

$$G\,b\,D\,f\,A\,cis\,E$$
$$b\,D\,f\,A\,cis\,E\,gis$$

verständlich sein und die Auflösung führet dann nicht in den *A*-Mollaccord, sondern in den der *D*-Molltonart eigenen *A*-Duraccord

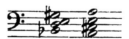

Es ist aber aus dem System *b D f A c E gis* eine Harmonie herzuleiten, die sonst nirgends Heimath und Möglichkeit hätte; denn von der Annahme »willkürlicher« oder »zufälliger« Erhöhungen und Vertiefungen muss man sich ganz zu befreien suchen. Jeder Klang in der Musik ist bestimmter Accordton einer bestimmten Tonart.

Jener Accord aber, der in diesem nach der Unterdominant übergreifenden Tonartsystem seine Herkunft hat, ist der Dominantseptimenaccord mit übermässiger Quint.

Mit dem Eintritt von *gis*, mit dem Dreiklange

$$\overrightarrow{C\ e}$$
$$\overrightarrow{E\ gis},\ c\ \overset{\longleftarrow-o-\longrightarrow}{E\ gis},$$

ist das Charakteristische des *A*–Mollsystemes da. Zugleich besteht aber in *C e B* der Charakter des *F*–Dursystemes; und wie das System *b D f A c E gis*, mit Ausnahme seines letzten Tones, ganz den Inhalt der *F*–Durtonart, *B d F a C e* (*G*) einschliesst, so bleibt auch der Accord *c E gis b* mit grösserem Gewicht dieser Tonart zugewendet und gewährt dem *gis* nur die Bedeutung eines überleitenden, ,fortstrebenden Tones. Die *A*–Molltonart kann sich hier nicht geltend machen, es ist im Zusammenklange *C e gis* der Keim zu derselben zum Vorschein gekommen, der aber durch das mitklingende *b*, welches die positive Oberdominantquint *H* aufhebt, das Gefühl für die *A*–Molltonart nicht kann aufkommen lassen.

Hier hat *gis* eine effectiv accordliche und in dem Dissonanzdreiklange auch eine entschiedene Tonartsbedeutung; denn der Zusammenklang *c E gis*, von dem mitklingenden *b* abgesehen, kann ausser dem *A*–Molltonart-System nur noch dem der *E*–Molldurtonart angehören.

Allein auch als Durchgangstöne müssen die chromatischen für sich eine harmonische Bedeutung in Anspruch nehmen können, da es ohne diese keine Bestimmung für sie giebt.

In der chromatischen Scala zu liegendem *C*–Durdreiklang als tonischem

sind *cis, dis, fis, gis* Leittöne, also Oberdominantterzen der betreffenden Tonarten, welche immer die nächstverwandten zur Haupttonart sein werden *d*–Moll, *e*–Moll, *g*–Dur, *a*–Moll. *B* ist Unterdominantgrundton der *F*–Durtonart.

In der chromatischen Scala mit *B*–Vorzeichnung

sind die Töne *des*, *es*, *as* Unterdominantterzen der betreffenden Molldurtonarten, denn diese liegen der Haupttonart *C*–Dur näher als die Molltonarten; die Stufe *fis*, als Oberdominantterz, bleibt auch der chromatischen Leiter mit *B*–Vorzeichnung eigen, wie diese Leiter mit Kreuzvorzeichnung *B* erhält. *Ges* und *ais* würden aus keinem der diatonischen Leitertöne Vermittlung erlangen können. *Ais* und *ges* würden aber dennoch vorkommen müssen, wenn das erste an *h*, das zweite an *F* sich anzulehnen hätte.

wo man nicht schreiben wird:

Ais und *ges* werden dann durch die oben und unten überliegenden Töne, *h*–*ais*–*h* durch *Fis*, *F*–*ges*–*F* durch *B*, bestimmt. Wie überhaupt die chromatische Scala oft nach beiden Seiten über das geschlossene System hinausgreifen wird.

Dass die aufwärts gehenden Stufen chromatischer Fortschreitung mit erhöhten, abwärtsgehende mit vertieften

Tönen geschrieben werden müssten, ist ein Irrthum; es
kann beides auf beide Weisen geschehen, wie es schon die
Nothwendigkeit, *B* auch im Aufsteigen, *fis* auch im Absteigen zu setzen, ergiebt. Auch eine theilweis mit Erhöhung, theilweis mit Vertiefung geschriebene chromatische
Scala kann ganz richtig bezeichnet sein.

Die bestehende Forderung ist allein, dass die chromatischen Töne auf Leitertöne basirt und durch sie in
ihren Fortschreitungen vermittelt seien. Die letztere Bedingung verhindert schon willkürlichen Wechsel zwischen
B– und Kreuzbezeichnung, wie z. B. diese:

wo *des* die *B*–Mollbedeutung, *D* die *B*–Durbedeutung,
beide auf *F* basirt, hat, und das *D* sogleich zur *h*–Mollbedeutung umschlagen müsste, um *dis* folgen zu lassen. Das
völlig Unverstandene solcher Bezeichnung leuchtet ein. Es
wird aber auch unter der richtigen zu wählen der Inten-
tion des Componisten anheim fallen, ob er die im Aufsteigen vordrängende mit geschärften Kreuztönen, oder die
trotz des Aufsteigens zurückhaltende in *B*–Tönen passend
findet. Ebenso für das Herabgehen, wo die Kreuztöne
widerwilliger zurückgehen als die *B*–Töne. Der richtige
Sinn trifft das Richtige der Bezeichnung, ohne sich von

jeder Note Rechenschaft geben zu wollen, wie man in der
Rede den Ausdruck für das Auszusprechende findet, ohne
an das einzelne Wort zu denken.

Eingehenderes und zwar mit Hinzuziehung der akustischen Bestimmungen ist hierüber in der »Natur der Harmonik und der Metrik« Seite 163—172 gesagt worden.

Modulation.

Wenn, wie nachgewiesen ist, der einzelne Ton im
Intervalle, das Intervall im Accorde und dieser durch
seine Stellung zu anderen Accorden in der Tonart Bestimmung und Bedeutung erhält, so ist die Tonart für
die Bedeutung des Accordes, der Accord für die Bedeutung des Intervalles, das Intervall für die Bedeutung des Tones das Bestimmende.

Der C-Durdreiklang, welcher in der C-Durtonart tonischer Accord ist, ist in der F-Dur- und F-Molltonart
Oberdominantaccord; in der G-Durtonart Unterdominantaccord, in der E-Molltonart Accord der
sechsten Stufe oder der Mollterz des Unterdominantdreiklanges.

So wird allgemein jeder der drei Durdreiklänge der
Durtonart und der zwei Durdreiklänge der Molltonart auch
an drei Durtonarten und zwei Molltonarten Theil nehmen;
wie auch jeder der zwei Molldreiklänge der Molltonart und
der zwei Molldreiklänge der Durtonart in zwei Moll- und
zwei Durtonarten enthalten sein muss.

Es hat demnach der Durdreiklang in Bezug auf die drei
Dur- und zwei Molltonarten, denen er angehören kann,
fünffache Bedeutung; der Molldreiklang in Bezug auf die
zwei Moll- und zwei Durtonarten, an welchen er Theil
nimmt, vierfache Bedeutung.

Der verminderte Dreiklang der siebenten Stufe bildet
nur ein Verwandtschaftsmoment für die gleichnamige Dur-
und Molltonart, sowie für die Molldurtonart desselben Na-
mens. Der verminderte Dreiklang der zweiten Stufe der
Molltonart ist nur in der gleichnamigen Moll-Durtonart
wieder enthalten. In der Durtonart kann der verminderte
Dreiklang dieser Stelle seiner Beschaffenheit nach nur in
e i n e m Systeme Platz finden.

In der mehrfachen Bedeutung der Accorde liegt die
Möglichkeit des Ueberganges aus einer Tonart in die andere,
die sich aber erst verwirklichen kann, wenn die veränderte
Bedeutung durch Folge und Zusammenklang deutlich her-
vorgetreten und die neu zu ergreifende Tonart in dem,
wodurch sie von der ersten sich unterscheidet, bezeichnet
ist. Wenn wir von der C-Durtonart ausgehen, so wird
der Uebergang nach der G-Durtonart, vermittelt durch die
Dreiklänge C-e-G-h-D, durch das Auftreten der Oberdominantterz, durch fis; nach der F-Durtonart, vermittelt
durch die Dreiklänge F-a-C-e-G, durch die Einführung
des Unterdominantgrundtones B;, nach der A-Molltonart,
durch die Dreiklänge F-a-C-e vermittelt, nur durch gis,
die Oberdominantterz der neuen Tonart, und der Uebergang
nach der E-Molltonart, durch die Dreiklänge a-C-e-G-h
vermittelt, nur durch dis geschehen können. —

Die hier angeführten Systeme sind also diese:

C-Durtonart und G-Durtonart:

$$F\text{-}a\text{-}C\text{-}e\text{-}G\text{-}h\text{-}D$$
$$C\text{-}e\text{-}G\text{-}h\text{-}D\text{-}fis\text{-}A.$$

C-Durtonart und F-Durtonart:

$$F\text{-}a\text{-}C\text{-}e\text{-}G\text{-}h\text{-}D$$
$$B\text{-}d\text{-}F\text{-}a\text{-}C\text{-}e\text{-}G.$$

C-Durtonart und A-Molltonart:

$$F\text{-}a\text{-}C\text{-}e\text{-}G\text{-}h\text{-}D$$
$$D\text{-}f\text{-}A\text{-}c\text{-}E\text{-}gis\text{-}H.$$

C–Durtonart und *E*–Molltonart:

$$F–a–C–e–G–h–D$$
$$A–c–E–g–H–dis–Fis.$$

Da nun *G–h–D* Oberdominantdreiklang von͵ *C*–Dur, zugleich aber auch tonischer von *G*–Dur sein kann, so muss,
um ihn aus der einen in die andere Bedeutung übergehen
zu lassen, eine Zusammenstellung mit dem *D* – Durdreiklange geschehen, als:

$$C:1\text{\textemdash\textemdash\textemdash}V$$
$$C–e–G\ldots h–D–G\ldots A–D–fis\ldots h–D–G.$$
$$G:1\text{\textemdash\textemdash\textemdash}V$$

$$C:1\text{—}C:V$$
$$G:I\text{-}G:V\text{-}G:I$$

Bei *F*–Dur geschieht die Umwandlung des Accordes
F–a–C durch Hinzuziehung des Unterdominantdreiklanges
dieser Tonart und es ergiebt sich dann folgende Modulation:

$$C:1\text{\textemdash\textemdash\textemdash}IV$$
$$C–e–G\ldots C–F–a\ldots d–F–B\ldots C–F–a.$$
$$F:1\text{\textemdash\textemdash\textemdash}IV\qquad F:1$$

$$C:1\quad C:IV$$
$$F:I\quad F:IV\quad F:1$$

Im Uebergange von *C*–Dur nach *E*–Moll wird der Molldreiklang der Oberdominantseite *e–G–h* in den tonischen
der *E*–Molltonart umgewandelt, nämlich:

$$C:1\text{\textemdash\textemdash\textemdash}III$$
$$C–e–G\ldots h–e–G\ldots H–dis–Fis\ldots H–E–g.$$
$$e:1\text{ \textemdash\textemdash\textemdash }V\qquad e:1$$

$$C:1\quad C:III$$
$$e:1\quad e:V\quad e:I$$

Der Molldreiklang der Unterdominantseite wird im Uebergange von *C*-Dur nach *A*-Moll tonischer Dreiklang der letzteren Tonart durch seine Stellung zu dem Oberdominantaccorde derselben:

$$C: \mathbf{1} \text{———} VI$$

$$C-e-G \ldots C-e-a \ldots H-E-gis \ldots C-e-a.$$

$$a : I \text{———} V \qquad a : I$$

$$C : \mathbf{1} \quad C : VI$$
$$a : I \quad a : V \quad a : I$$

Es stützen sich diese Modulationen auf die schon früher besprochenen quintverwandten und terzverwandten Dreiklänge, welche aber in diesen Verhältnissen eine befriedigende, sicherstellende Modulation in die neue Tonart nicht vollkommen zu bewirken vermögen, weil man fast nur die Seite, die Richtung fühlt, nach welcher die Modulation sich wenden will, nicht aber die Feststellung einer neuen Tonart. —

Wir kennen aber einen Accord, welcher in seiner Gestalt und Auflösung das Hauptsächliche des ganzen Tonartsystems zusammenfasst, mithin besser geeignet ist, die neue Tonart auf entschiedene Weise anzukündigen und als eine sicher bestimmte eintreten zu lassen. Wir meinen den Dominantseptimenaccord. Daher werden auch die Uebergänge von *C*-Dur nach *G*-Dur und *F*-Dur durch die Dominantseptimenharmonien der beiden letzteren Tonarten entschiedener und vollständiger zu bewirken sein, wenn wir dem tonischen Dreiklange *C–e–G*, ihn als Unterdominantdreiklang der *G*-Durtonart, oder als Oberdominantdreiklang der *F*-Durtonart setzend, unmittelbar den Dominantseptimenaccord der einen oder anderen Tonart folgen lassen können, wodurch nach der Auflösung dieses Accordes die neue Tonart nicht nur eingeleitet sein, sondern zugleich in ihrem Umfange zusammengefasst und fest-

gestellt erscheinen wird. — Die Folge bildet sich dann in
dieser Gestalt:

A. Nach der Oberdominantseite:

C:I
C–e–G . . . C–D–fis–A . . . h–D–G.
G:IV————V₇————— I

C:I
G:IV   G:V₇   G:I

B. Nach der Unterdominantseite:

C:I
C–e–G . . . B–C–e–G . . . a–C–F.
F:V ————— V₇ ————— I

C:I
F:V — F:V₇ — F:I

Der gewonnene tonische Dreiklang der neuen Tonart,
wieder in die eine oder andere Dominantbedeutung versetzt,
kann sodann nach demselben Verfahren in die vorige
Tonart zurück–, oder in der angebahnten Richtung der
Modulation um einen Tonartgrad weiterführen.

A. 1) Zurückführend:

C:I   C:V ———— V₇ ———— I
C–e–G . . . C–D–fis–A . . . h–D–G . . . h–D–F–G . . . C–e–G.
G:IV————V₇ ———— I

C:I
G:IV G:V₇ G:I
       C:V C:V₇   C:I

2) Weiterführend:

C:1
C–e–G . . C–D–fis–A . . h–D–G . . A–cis–E–G . . A–D–fis.
G:IV————V₇ ———— I
            D:IV ———— V₇ ———— I

B. 1) Zurückführend:

$C:$ 1 $C:$ IV ————— V_7 ————— I
$C-e-G \ldots B-C-e-G \ldots a-C-F \ldots G-h-D-F \ldots G-C-e.$
$F:$ V ————— V_7 ————— I

2) Weiterführend:

$C:$ I
$C-e-G \ldots B-C-e-G \ldots a-C-F \ldots a-C-Es-F \ldots B-d-F.$
$F:$ V ————— V_7 ————— I
            $B:$ V ————— V_7 ————— I

Bei dem Uebergange von einer Tonart zur anderen
würde auch der Unterschied, welcher zwischen der vierten
Quint und dem Terztone besteht, eine Modulation abgeben
können, z. B. die Differenz des a in C–Dur und A in G–Dur.
Es ist aber diese Verschiedenheit des Terztones von dem
gleichnamigen Grund– oder Quinttone, wie sie von unserer
Notenschrift ignorirt wird, auch für die praktische Aus-
übung eine zu geringe, um einen Accordwechsel durch sie
kenntlich machen zu können: ohne Hinzutritt von fis wird
a nicht in die Bedeutung A, ohne Hinzutritt von B, D der
C–Durtonart nicht in die Bedeutung von d der F–Durtonart
übergehen wollen.

Folgende Modulationen dürften geeignet sein, diesen
Vorgang zu erklären:

1) Nach der Oberdominantseite:

     (a geht in die Bedeutung von A über)

$C:$ I ————— IV ————— II_7
$C-e-G \ldots C-F-a \ldots C-D-F-\hat{a} \ldots C-D-fis-\hat{A} \ldots h-D-G.$
            $G:V_7$ ————— $G:$ I

2) Nach der Unterdominantseite :
(*D* geht in die Bedeutung von *d* über)

$C:I$ ———— IV ——— II_7

$C-e-G \ldots C-F-a \ldots C-D-F-a \ldots$

$B-d-F-a \ldots B-d-F-G \ldots B-C-e-G \ldots a-C-F.$

$F:IV_7$ ———— II_7 ———— V_7 ———— I

In der ersten Folge findet sich der Uebergang des *a*
zum *A* vom dritten zum vierten Accorde, und in der zweiten
von *D* zu *d* ebenfalls vom dritten zum vierten, aus welchen
Modulationen man die Umwandlungen der Unterdominantterz in die Oberdominantquint der neuen Tonart nach der
Oberdominantseite und der Oberdominantquint in die Terz
des Unterdominantaccordes der neuen Tonart nach der
Unterdominantseite erkennen kann.

Wollten wir die Modulation weiter fortsetzen von *C*–Dur
nach *D*–Dur und *B*–Dur, so würde sich, wie schon aus der
Dreiklangsformation im Tonartensystem ersichtlich ist,

a) *Es–g–B–D–F–a–C–e–G–h–D*

b) *F–a–C–e–G–h–D–fis–A–cis–E*

das Verhältniss ergeben, dass *C*–Dur mit *B*–Dur und *D*–Dur
nur in einem Dominantaccorde verwandt sein kann; die
Tonarten von *C* und *B* haben ihr Verwandtschaftsmoment
im *F*–Durdreiklange; die Tonarten von *C* und *D* im *G*–Durdreiklange. Im tonischen Dreiklange, in der Hauptsache,
bleiben diese Tonarten sich fremd, sie sind also hauptsächlich eben nicht verwandt. Wenn man die Modulation der Art noch weiter fortführt, dass immer quintver-
wandte Tonarten zu den nächst vorhergehenden ergriffen
werden, dann schwinden alle Beziehungen und Verwandtschaftsmomente zur Ausgangstonart. —

Wir finden aber nicht allein bei den Dominanttonarten,
wo die Tonartverwandtschaft in der Umwandlung der Quint

in den Grundton oder umgekehrt stattfindet, Verwandt-
schaftsbeziehungen, sondern es wird auch eine Verwandtschaft darin bestehen können, dass der G r u n d t o n oder
die Q u i n t des tonischen Dreiklanges T e r z , dessen T e r z
aber G r u n d t o n oder Q u i n t eines neuen tonischen werde.

Es treten dadurch wieder Verwandtschaftsmomente mit
entfernteren Tonarten am tonischen Dreiklange hervor, die
uns im F o r t g a n g e zu diesen schon bei der dritten verlassen hatten; denn wir erhalten:

1) Den G r u n d t o n in die T e r z bedeutung gesetzt:

$$\text{I}$$
$$F-a-C-e-G-h-D$$
$$\text{III}$$
$$Des-f-As-c-Es-g-B$$

die Identität der Töne $F-C-G$ und $f-c-g$ in den Tonarten
C–Dur und As–Dur. In der Modulation würden wir folgende
Accordreihe hinzustellen haben:

C-e-G..B-C-e-G..a-C-F..a-C-Es-F..B-d-F.. As-B-d-F..g-B-Es..g-B-Des-Es..As-c-Es.
C:I
F:V — V₇ — I
B:V — V₇ — I
Es:V — V₇ — I
As:V — V₇ — I

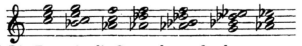

wo wir die Terz c des tonischen As–Durdreiklanges als
einen von dem Grundtone des tonischen C–Durdreiklanges
in der Differenz $80 : 81$ verschiedenen Ton erhalten. Die
Modulation würde noch mehr zusammengezogen auch folgende Gestalt erhalten können:

2) Die T e r z in die G r u n d t o n s b e d e u t u n g gesetzt:

$$\text{III}$$
$$F-a-C-e-G-h-D$$
$$\text{I}$$
$$A-cis-E-gis-H-dis-Fis$$

die Identität der Töne *a–e–h* und *A–E–H* in den Tonarten
C–Dur und *E*–Dur bei folgender Modulation :

C–e–G, C–e–a, H–dis–Fis/A, H–E–gis
$C:\mathrm{I}$ ——— VI
$\qquad e:\mathrm{IV}$ ——— V_7
$\qquad\qquad E:\mathrm{V}_7$ ——————— I

wo der tonische *E*–Durdreiklang auf den Dominantaccord
der *E*–Molltonart folgt :

3) Die Q u i n t in die T e r z b e d e u t u n g gesetzt :

$$\mathrm{II}$$
$$F–a–C–\underbrace{e –G–h}–D$$
$$\mathrm{III}$$
$$As–c–\underbrace{Es– g}–B–d–F$$

die Identität der Töne *C–G–D* und *c–g–d* in den Tonarten
C–Dur und *Es*–Dur durch folgende Modulation :

C–e–G . . . B–C–e–G . . . as–C–F . . . As–B–d–F . . . g–B–Es.

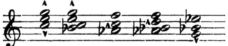

4) Die T e r z in die Q u i n t b e d e u t u n g gesetzt :

$$\mathrm{III}$$
$$F–a – \underbrace{C–e–}\; G–h–D$$
$$\mathrm{II}$$
$$D–\underbrace{fis–A–cis}–E–gis–H$$

die Identität der Töne *a–e–h* und *A–E–H* in den Tonarten
C–Dur und *A*–Dur durch nachstehende Modulation :

C–e–G, a–d–F, gis–H–D–E, A–cis–E
$C:\mathrm{I}$
$F:\mathrm{V}$ ——— VI
$\qquad a:\mathrm{IV}$ ——— V_7
$\qquad\qquad A:\mathrm{V}_7$ ——— I

wo der tonische *A*–Durdreiklang auf den Dominantaccord der *A*–Molltonart folgt.

In diesen Modulationen ist wahrzunehmen, dass die Uebergänge nach den Tonarten der Oberdominantseite sich allezeit weniger willig ergeben, als jene nach der Unterdominantseite, was schon bei den nächsten Ausweichungen in die anliegenden Dominanttonarten wahrzunehmen.

Die Tonart kann, wie bereits betrachtet, in sich selbst übergehen oder nach anderen Tonarten fortgeleitet werden. Bei dem Uebergange in sich selbst hat die abgeschlossene Tonart ihren Schwerpunkt in der Mitte, während bei der Fortschreitung zu anderen Tonarten jede auf der ihr vorausgegangenen, d. h. auf der Unterdominanttonart, ruht und durch die positive Production nach der Höhe die Oberdominantseite ergreift. Da sich nun der Uebergang nach der Unterdominantseite williger ergiebt, als nach der Oberdominantseite, so wird die Modulation von der Oberdominant nach der Tonica um so leichter zurückkehren, wogegen bei einer Wendung nach der Unterdominant diese sogleich tonischen Charakter annimmt und eine neue Spannung zur Wiedergewinnung der Tonica eintreten muss.

Nach längerem Verweilen auf der Unterdominant wird daher das Bedürfniss eintreten, durch Berührung der Oberdominant nach der Tonica zurückzukehren, wodurch man für diese erst die tonische Bedeutung gewinnt.

Die regelmässig gebauten Musikstücke in Dur gehen demzufolge ganz naturgemäss in der Mitte nach der Oberdominant über, und bewirken nach dem Verweilen auf der Unterdominante ihre Heimkehr von jener nach der Tonica, während die Modulation in der Molltonart in der Regel nicht nach der Quint, sondern nach der verwandten Durtonart geführt wird, weil die in sich eingeschränkte Molltonart, welche keinen Fortgang hat, erst die Fesseln am nächstverwandten Durtonartsysteme abstreifen muss, bevor sie

zur Freiheit und Verwandschaft mit Anderem gelangen
kann. Hinsichtlich der chromatischen Folge ist zu bemerken, dass jede Tonart, welche zu einer anderen chromatisch erhöhte Töne enthält, als eine gespanntere, jede
aber, die chromatisch vertiefte Töne zeigt, als eine ruhigere,
weniger gespannte erscheinen wird. In diesem Verhältniss ist auch nur der C h a r a k t e r der Tonarten zu suchen,
hingegen die absolute Tonhöhe niemals einen solchen bestimmen kann; denn jede Tonart einzeln genommen beruht
in ihrem Organismus ganz auf denselben Bedingungen, wie
jede andere, und wenn z. B. *Des*–Dur in *C*–Dur intonirt
wird, so möchte Niemand finden, dass an sich der Charakter durch die absolute Tonhöhe in veränderter Gestalt er-
scheine. Wohl aber behauptet *C*–Dur im V e r h ä l t n i s s zu
Des–Dur einen gespannteren Charakter, weil die *Des*–Durtonart den Grundton der *C*–Durtonart als Oberdominantterz, als Leitton, den Unterdominantgrundton dieser als
tonische Terz enthält und durch die Umwandlung der
Grundtöne in die Terzbedeutung alle anderen Momente der
C–Durtonart nach der Unterdominantseite chromatisch vertieft sich wenden, nach einer Region, aus deren Standpunkt
die *C*–Durtonart selbst als eine gesteigerte, gespannte erscheinen muss. Färbungen hinsichtlich der absoluten
Tonhöhe treten nur in akustischer Beziehung z. B. bei Blas-
instrumenten ein, wo dieselben aber lediglich von der Natur der Instrumente abhängig sind und nicht durch den
Organismus des Tonsystems veranlasst werden.

Wie die Umdeutungen der Accorde in den verschiedenen Modulationen zu verstehen sind, ist vorher gezeigt
worden; es werden aber auch Uebergänge stattfinden
können von Accorden, die nicht derselben, sondern nächstverwandten Tonarten angehören, z. B. von *C*–Dur nach
A–Dur, *Es*–Dur, *E*–Moll und nach *E*–Dur, *As*–Dur, *A*–Moll,
von denen die ersteren drei einen weniger directen Bezug

zur Ausgangstonart haben, als die letzteren drei, wofür die in Umdeutung einzelner Momente begründeten Verwandt-schaften den Beweis liefern. Im Uebergang von *C*-Dur nach *A*-Dur wird die Terz *e* als Quint gefasst, zwischen welchen nach absoluter Tonhöhe gemessen der Unterschied von 80 : 81 besteht.

III
C–e–G
A–cis–E
II

Die Modulation von *C*-Dur nach *Es*-Dur erfasst die Quint als Terz, nämlich:

II
C–e–G
Es–g–B
III

Endlich ist im Fortschreiten von *C*-Dur nach *E*-Moll die Terz als negative Quint und die Quint als negative Terz ge-setzt, als:

III II
C–e–G
e–G–h
II III

In der Modulation von *C*-Dur nach *E*-Dur erscheint je-doch die Terz als Grundton:

III
C–e–G
E–gis–H
I

In derjenigen von *C*–Dur nach *As*–Dur wird der **Grund**—
ton Terz :   .   I

                C–*e*–*G*
              As–*c*–*Es*
                III

Und in dem Uebergange von *C*–Dur nach *A*–Moll finden
wir den Grundton als negative Terz, die Terz als negativen
Grundton :   I III

                C–*e*–*G*
              a–*C*–*e*
              III I

Die Verwandtschaften in der Molltonart werden sich nur
am tonischen Molldreiklange, welcher schon früher als die
Negation des Durdreiklanges erwiesen wurde (vergl. Natur
der Harmonik und der Metrik S. 32—35), bestimmen können.
Wir erhalten durch diese Bestimmungen folgende Uebergänge :

   1) Von *C*–Moll nach *Es*–Dur :

              ,II III I
             . *C*-*es*-*G*
                I   II
              Es-*g*-*B*

   2) Von *C*–Moll nach *As*–Dur :

               II III I
              C-*es*-*G*
              III II
            As-*c*-*Es*

3) Von *C*-Moll nach *G*-Moll:

$$
\begin{array}{ccc}
\text{II} & \text{III} & \text{I} \\
C & -es- & G
\end{array}
$$

$$
\begin{array}{c}
\text{II} \\
G-b-D
\end{array}
$$

4) Von *C*-Moll nach *F*-Moll:

$$
\begin{array}{ccc}
\text{II} & \text{III} & \text{I} \\
C & -es- & G
\end{array}
$$

$$
\begin{array}{c}
\text{I} \\
F-as-C
\end{array}
$$

Die *G*-Durtonart ist mit der ·*C*-Molltonart n i c h t verwandt; denn der *G*-Durdreiklang enthält die positive, dem *C*-Molldreiklang vorausgesetzte Bestimmung und wo diese als solche bestätigt wird, da ist der Begriff der *C*-Molltonart aufgehoben. Nur die *G*-Moll-Durtonart, welche durch das System

$$
\begin{array}{ccccccc}
 & \text{I} & & \text{III} & & \text{II} & \\
C & -es- & G & -h- & D & -fis- & A \\
\text{II} & \text{III} & \text{I} & & \text{I} & \text{III} & \text{II}
\end{array}
$$

auszudrücken ist, kann mit *C*-Moll verwandt erscheinen, wie auch zu dieser, als Haupttonart gesetzt, wieder die *C*-Molltonart, die mit der *G*-Durtonart nicht verwandt ist, im Verwandtschaftsverhältniss steht.

In den einzelnen Tonartensystemen ist sich stets das gleichnamig Entgegengesetzte nahe verwandt, weil in diesem nur die Umwandlung des Positiven ·in das Negative oder umgekehrt geschieht. Z. B. geht der *C*-Durdreiklang dadurch in den *C*-Molldreiklang über, dass der Grundton *C* im Verhältniss zum Quintton *G* betrachtet aus der positiven Stellung in die negative übergeht; denn im Durdrei-

klang sagt man mit Recht, dass ein Ton, und zwar der
tiefste in der ersten Lage, Quint und Terz habe, im Molldreiklang aber, dass derselbe Ton Quint und Terz sei;
während auf dem Quinttone gerade das umgekehrte Verhältniss stattfindet. Die Bezeichnung

$$
\begin{array}{ccc}
\text{I} & \text{III} & \text{II} \\
C- & e- & G \\
\text{II} & \text{III} & \text{I} \\
C- & es- & G
\end{array}
$$

zeigt den Unterschied vollkommen, obschon durch die Erklärung auf S. 33-35 des Buches »Die Natur der Harmonik und
der Metrik« noch nähere Nachweise gegeben wurden. Man
wird also im Uebergange vom C–Durdreiklange zum C–Molldreiklange fühlen, wie die Umwandlung des Positiven zum
Negativen am Grundton, und des Negativen zum Positiven
an der Quint geschieht

Die vorstehende Modulation wird sich daher auch williger ergeben, als die von Moll ausgehende

denn in letzterer hat das G im Begriffe des Positiven und
Negativen zwei Umwandlungen, hingegen in ersterer in
dieser Beziehung nur eine stattfindet. Denn G ist im C–
Durdreiklang die Negation, im C–Molldreiklang das Positive
und im G–Durdreiklang wiederum Positives, wie es sich in
der ersteren Modulation zeigt; in der letzteren dagegen ist
G zuerst im C–Molldreiklang Positives, wird im C–Durdreiklang Negatives und geht im G–Durdreiklang wieder in Positives über.

Enharmonische Verwechselung.

Die enharmonische Verwechselung gehört dem temperirten, nicht dem reinen Systeme an, worüber in den Abhandlungen »Klang« und »Temperatur« in Chrysander's Jahrbüchern für musikalische Wissenschaft und Geschichte der Musik Eingehenderes gesagt worden ist. Die Uebergänge nun, welche auf der sogenannten enharmonischen Verwechselung basiren, haben zumeist die Gleichsetzung der verminderten Septime und grossen Sext, der übermässigen Secunde und kleinen Terz, der übermässigen Quint und kleinen Sext, der übermässigen Quart und verminderten Quinte u. s. w. zur Grundlage. Z. B. wird im temperirten System

$$h\text{-}D\text{-}F\text{-}as = H\text{-}D\text{-}f\text{-}gis = H\text{-}d\text{-}eis\text{-}Gis = \overset{\bullet}{c}es\text{-}d\text{-}F\text{-}As$$
$$C:\mathrm{VII}^0_7 \qquad a:\mathrm{VII}^0_7 \qquad fis:\mathrm{VII}^0_7 \qquad es:\mathrm{VII}^0_7$$

zu setzen sein,

durch welche Annahme man sich mit jedem verminderten Septimenaccorde in vier verschiedenen weit auseinanderliegenden Tonarten befindet.

Wenn wir nun drei solcher Accorde, als: *h–D/F–as*, *fis–A/C–es*, *cis–E/G–b* aufstellen, so wird, wenn der geeignete Septimenaccord ergriffen wird, der Uebergang nach den zwölf Tonarten des temperirten Quintenzirkels, und zwar den Durtonarten sowohl wie den Molltonarten, offenstehen. Der Septimenaccord *h–D–F–as* lässt, wie wir wissen, folgende vier Auflösungen zu:

In den letzten beiden wird die Quartsextlage des Auflö-
sungsaccordes dessen Fortschreitung nach dem Dreiklange
C–e–G, als Dominantaccord, nach sich ziehen und den
Schluss nach der *F*-Moll- oder *F*-Durtonart bewirken
können, der sonach ebensowohl aus dem Septimenaccorde
e–G/B–des, wie aus dem Accorde *h–D/F–as* zu erlangen ist.
Es sind jedoch die Bildungen, welche in solchen enharmonischen Verwechselungen erst ihre Erklärung suchen müssen, denen, die auf einer organischen Verbindung beruhen,
nicht beizuzählen, und wenn auch der Componist zur Erleichterung der praktischen Ausführung, zu bequemerer
Applicatur, zuweilen vielleicht aus Uebereilung oder aus
Mangel gründlicher Kenntniss der Harmonie, bewusst oder
unbewusst das Eine für das Andere im Instrumentalsatz
setzt, ohne dâmit eine veränderte harmonische Bedeutung
zu meinen, so wird es in der Vocalmusik doch keinenfalls
gestattet sein, für den richtigen einen enharmonisch verschiedenen Ton zu vermeintlicher Erleichterung der Intonation zu notiren, wie dies in der Natur der Harmonik und
der Metrik S. 199 ff. ausführlicher und mit Berücksich-
tigung der musikalischen Formen erklärt wurde, was aber
nach den angegebenen Beispielen hier nicht mehr der
weiteren Durchführung bedarf.

Schluss.

Der h a r m o n i s c h e S c h l u s s, die C a d e n z, ohne ihre
metrischen Bestimmungen betrachtet, setzt die T r e n n u n g
voraus.   Terzverwandte Accorde werden ihrer nahen Verbindung wegen keinen Schluss bilden können, denn es sind
z. B. in den Uebergängen

nicht hinreichende Gegensätze in der Umdeutung der bleibenden Töne wahrzunehmen. Nur an den beiden gegensätzlichen Elementen von Grundton und Quint kann die schlussbewirkende Umdeutung erfolgen, weil hier entschieden aus dem Einen Anderes wird.

Zunächst sind also die quintverwandten Dreiklänge zur Schlussbildung befähigt; dann aber auch im System völlig getrennte Dreiklänge, welche zur Schlussbildung eine Substituirung der terzverwandten verlangen.

Unter 1 und 2 ist die Schlussbildung der quintverwandten Dreiklänge angegeben worden, wonach die Schlussbildung mit den völlig getrennten folgen muss, als:

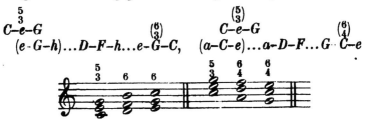

Doch kann erst durch die Beziehung zu beiden Dominantseiten eine tonisch vollkommne Feststellung des Schlussaccordes erlangt werden, einestheils in der allergebräuchlichsten Weise, wo die Unterdominant der Oberdominant vorausgeht und von jener zu dieser eine Spannung bewirkt wird, wie:

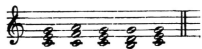

oder kürzer zusammengezogen:

anderntheils aber in der Form, dass die Unterdomi-
nantbeziehung zuletzt steht, eine nicht weniger richtige
und namentlich in der älteren Musik häufig angewandte,
wie sie dort auch durch die Beschaffenheit der Kirchenton-
arten bedingt und herbeigeführt wurde. Man nennt diese
Schlussform den Plagalschluss, z. B. :

Da in einem Musikstücke nach formeller Beschaffenheit
betrachtet der modulatorische Fortgang nicht zuerst nach
der Unterdominant, sondern nach der Oberdominant geschieht und erst nach der Festsetzung der Tonica auf dieser
Seite die Anregung der Unterdominant erfolgt, so ist auch
die allgemeine Form: I–IV–V–I, welche die Unterdominant
vor die Oberdominant setzt, nicht als modulatorisches
Schema, nicht als Tonartfolge, sondern nur als schlies-
sende Accordfolge innerhalb der Tonart anzusehen.

Weil nun in der Aufeinanderfolge der beiden Dominantaccorde

ein liegender, die Bedeutung wechselnder Ton nicht vorhanden ist, so sucht sich die Verbindung durch den Grundton D des verminderten Dreiklanges D/F–a herzustellen,
welcher im Oberdominantaccorde zur Quint wird:

$$\text{I} \underline{\hspace{2cm}} \text{II}$$
$$F\text{–}a\text{–}C\text{–}D \ldots G\text{–}h\text{–}D$$

oder durch den Grundton des Unterdominantaccordes, welcher als Quint des verminderten Dreiklangs h-D/F zu dem
Oberdominantaccorde fortbesteht

```
I ——————— II
F–a–C . . . D–F–G–h
```

und mit ihm den zu entschiedenem Schlusse führenden
Dominantseptimenaccord bildet. Durch das Zusammenklingen von *F* und *h* wird letzterer Ton, die Oberdominantterz, unbedingt genöthigt, in den Grundton *C* überzutreten

daher auch in dem Uebergange *F–a–C–D* . . . *G–h D*

wo *F* und *a* in *G* zusammentreten und der Ton im Oberdominantdreiklange nicht vorhanden ist, sich diesem Accorde eine nachschlagende Septime wird verbinden wollen,
um den Leitton aufwärts zum Uebertreten nach dem
Grundtone zu nöthigen, so dass diese Schlussform auch in
vierstimmiger Harmonie lieber die Quint des Schlussaccordes, als die Septime des Oberdominantaccordes aufgiebt, als:

Ohne Quint des Schlussaccordes.   Mit Quint des Schlussaccordes.

Der Schluss, die Cadenz, ist wohl zu unterscheiden
von dem Orgelpunkte, welcher häufig in Musikstücken
auftritt und sich sowohl auf dem Grundtone, als auch auf
der Quint des tonischen Dreiklanges festsetzen kann.
Grundton und Quint sind die Angelpunkte, auf denen sich
eine bewegte Reihe von Accorden im mannigfaltigsten
Wechsel zu entfalten vermag. Das Element dieser Reihe ist

aber auf der tonischen Quint der Wechsel des Oberdominantdreiklanges mit dem tonischen, und auf der Tonica der
Wechsel des tonischen Dreiklanges mit dem Unterdominant-
accorde.   Auf der Dominante finden wir den Orgelpunkt
häufig vor dem Schlusse, um diesen aufzuhalten, auf der
Tonica aber als Fort- und Nachklang, als Verlängerung desselben, daher auch die letztere Bildung immer als eine
Coda, als ein geschlossener Absatz des Stückes zu betrachten ist und man hier das E n d e immer vom S c h l u s s e zu
unterscheiden hat.   Während man in früherer Zeit fast
immer ein Retardiren vor dem Schlusse ohne Coda eintreten
liess, ist die neuere Musik im Abschliessen, in der Anhäu-
fung von Schlussansätzen viel erschöpfender.   Die Grund-
züge des Schlusses lassen sich jedoch immer in guten Musikstücken auf einfache Accordverbindungen zurückführen.
    In der Folge *G–h–D ... G–C–e* erkennen wir die Drei-
klangsvermittelung *G–h–D ... G–h–e ... G–C–e,* wo die
Quint *D* in die Terz des tonischen Dreiklangs übertritt; in
melodischen Sätzen hat sie aber das Bedürfniss, in den
Grundton zu schreiten, daher die Schlüsse der Choräle und
Volkslieder aus alter Zeit die Form besitzen, dass die Melodie nicht aus dem Leittone, sondern aus der Oberdominantquint nach dem Grundtone schliesst.   Da nun in der Zeit
Palestrina's die Septimenharmonie nicht zu Schlüssen verwendet wurde, so ergab sich daraus häufig ein Schluss
ohne tonische Terz; wo jedoch die obere Stimme die Leittonsfortschreitung hat, da wird eine Mittelstimme aus der
Oberdominantquint gern nach der tonischen Terz fortschreiten, worüber in der »Natur der Harmonik und der Metrik«
Näheres zu finden ist, wo auch das Leittonsverhältniss be -
rührt wurde, welches zwischen der Oberdominantquint
und der tonischen Mollterz stattfindet.   Zugleich wird da-
selbst der Triller in den Cadenzen erklärt, welcher dadurch
entsteht, dass die Oberdominantquint melodisch nach dem

tonischen Grundtone fortschreiten möchte, harmonisch aber
genöthigt ist, nach der tonischen Terz überzutreten. Sie
kommt durch diese beiden Forderungen in Zwiespalt, und
da sie nicht Beides zugleich thun kann, so thut sie es nach-
einander, vor- oder nachschlagend, und dann auch die
nachschlagende Terz öfter wiederholend, wodurch eben der
Triller auf der Oberdominantquint entsteht, welcher im
Schlusse der alten Arien nicht als willkürlicher Schmuck,
sondern als natürliche Bedingung erscheint. Naturgemäss
wird daher der Triller immer nur auf solchen Tönen Anwendung finden können, die eine doppelte melodische
Fortschreitung auf- und abwärts zulassen. Im Molltonartsystem werden die sechste und siebente Stufe den Triller
nur dann zulassen, wenn beide die Uebergangsbeziehungen
ausser den Grenzen des geschlossenen Molltonartsystems
aufsuchen, wobei dasselbe Gesetz anzuwenden ist, wie bei
der Tonleiter der Molltonart, welche abwärtsschreitend
von der Octave zur kleinen Sext die Unterdominantquint
des Unterdominantgrundtones und aufwärtsschreitend von
der Dominante zur grossen Septime die Quint der Oberdominantquint zu Hülfe nimmt, z. B. :

Zwei Schlussformen sind einander entgegengesetzt, die
eine in der Modulation aus einem der Dominantdreiklänge
auf den tonischen, die andere aus der Tonica auf einen der
Dominantdreiklänge. Mit jener wird ein Ganzes oder der
Hauptabschnitt des Ganzen, der für sich eine der Haupttonart verwandte festgesetzt hat, abgeschlossen ; diese be-

zeichnet nur den Vordersatz eines Nachsatzes : nicht einen
Abschnitt, nur einen Einschnitt. Wie aber ein solcher
Einschnitt nicht einen Schlussaccord herbeizuführen hat,
der Dominantaccord dabei bezüglich seiner Herleitung auch
in einer Uebergangsgestalt erscheinen kann, so wird hier
auch die Bedingung, welche den vollkommenen Schluss
nur aus einem der Dominantdreiklänge herleiten liess,
wegfallen. Der Dominantdreiklang kann hier aus jeder
schlussfallmässigen Folge hervorgehen. Wenn bei dem
vollkommenen Schlusse nur die beiden Cadenzen

$$V—I \qquad IV—I$$

sich verwirklichen konnten, so stehen dagegen für den
Einschnittsschluss nach den Dominanten, ausser den beiden
entgegengesetzten Cadenzen

$$I — V \qquad I — IV$$

auch diese zu Gebote :

$$^lII^o—V, \qquad IV—V, \qquad VI—V.$$

und

$$VII^o{-}IV, \qquad V—IV, \qquad III—IV.$$

Ebenso würde dieser Schluss aus den Grenzverbindungs-
dreiklängen des übergreifenden Tonartsystems, in die Oberquint:

in die Unterquint:

seine Herleitung erhalten können.

Der Trugschluss, welchen wir noch zu erwähnen
haben, besteht darin, dass an Stelle des tonischen Dreiklanges nach dem Oberdominantaccorde ein anderer Dreiklang folgt, welcher mit dem vorangehenden nicht in
Terzverwandtschaft stehen darf, weil in dieser überhaupt
keine Schlussbildung möglich ist. Vom Oberdominantdreiklange aus sind daher innerhalb der Tonart folgende
Trugschlüsse zu ermöglichen:

V—VI,   V—IV,   V—II°

wobei also immer die enge Dreiklangsfortschreiung festge-
halten und von einer basirenden Stimme abgesehen wurde,
die in vielen Fällen auch eine der folgebedingten Fortschreitungen selbst übernehmen wird.

Wenn jedoch der Schlussaccord einer anderen Tonart
angehören darf, dann werden sich so viele Trugschlüsse
ergeben, als überhaupt die Modulationsordnung verstattet.
Je nach den vier Tonartsbedeutungen, welche dem Dominantaccorde zugesprochen werden können, darf derselbe in
der mannigfaltigsten Weise fortschreiten. Ist der Dominantaccord aber nicht Dreiklang, sondern Septimenaccord,
dann werden die Fortschreitungen überhaupt eingeschränkt,
weil diese in der Auflösung der Septime Bestimmung
erhalten, welche manche der ausserdem möglichen Folgen
ausschliesst. Dafür treten aber bei der Fortschreitung des
Dominantseptimenaccordes schlussfallmässige Folgen
ein, die es für den Dominantdreiklang allein nicht sein
würden, und zwar haben diese Bezug auf den im Septimenaccord vorhandenen verminderten Dreiklang. Jedoch
wird ein in eine andere Tonart führender Trugschluss
immer auf eines der drei Hauptmomente: auf die Tonica,
Unter- oder Oberdominante derselben führen wollen, nach
der Accordverbindung aus dem Dominantaccorde mit oder

ohne Septime, wie sie den Folgegesetzen überhaupt ange-
messen ist.   Vornehmlich wird der Eintritt eines neuen
Dominantseptimenaccordes, wenn er im vorigen vorbereitet
sein kann, zu Bestimmung der neuen Tonart geeignet sein,
indem der neue Leitton dann entschieden in seiner Eigenschaft als Oberdominantterz hervortritt. Will man aus dem
Dominantseptimenaccorde wieder in einen anderen Dominantseptimenaccord übergehen, so ergeben sich z. B. folgende Trugschlüsse:

Obgleich die beiden letzten Folgen nur in selteneren
Fällen angewendet werden, so sind sie doch gesetzmässig
begründet, und es bezieht sich auf sie das, was über die
Auflösung der Septimen schon früher gesagt wurde.

INHALT.